LA
BELLE CATHERINE.

DE L'IMPRIMERIE DE HOCQUET ET Ce.

RUE DU FAUBOURG MONTMARTRE, N. 4.

Ah! qui ne l'aimerait!... fur fon front, la pudeur
Retrace fans efforts les vertus de fon cœur.

LA
BELLE CATHERINE,

OU

LA BLANCHISSEUSE

DE NEUILLY.

On peut, en la voyant, devenir infidèle,
mais c'est pour la dernière fois.
CHAULIEU.

PARIS,

FRECHET, Libraire-Commissionnaire, rue
du Petit-Bourbon-St.-Sulpice, n°. 1.

1806.

AVIS

AU LECTEUR.

L'Ouvrage qu'on présente au Public n'est point un Roman fait à plaisir ; le Manuscrit nous en a été remis par une personne digne de confiance, et qui fut le témoin oculaire d'une partie des faits et des actions qui y sont rapportés ; on a adouci seulement certains traits qui auraient pu révolter la délicatesse des Lecteurs, et glissé sur d'autres qui n'étaient pas susceptibles d'un plus grand développement, sans blesser les mœurs et l'honnêteté publique.

Cette Brochure n'a point le cachet de celles du jour ; point de situations forcées, nul événement extraordinaire : c'est une série de scènes de famille qu'on a journellement sous les yeux, et dont l'ensemble forme un tableau animé qui doit piquer par l'intérêt qu'il renferme, et par les exemples de vertu et de bienfaisance dont il offre les modèles vivans.

La mère en prescrira la lecture à sa fille.

LA
BELLE CATHERINE,

OU

LA BLANCHISSEUSE

DE NEUILLY.

CHAPITRE PREMIER.

Connaissance de quelques-uns des principaux personnages de ce roman. Leurs caractères, leurs projets.

MADAME Savonnet, blanchisseuse de linge fin à Neuilly, venait de

perdre son mari. Veuve à un âge où
le plaisir et la liberté ont quelques
charmes pour une femme qui n'a pas
été heureuse en ménage, elle résolut
de renoncer à tout engagement, pour
être à même de donner une bonne
éducation à sa fille. Catherine (c'est
le nom de cette fille) était alors âgée
de douze ans. De grands yeux noirs,
une petite bouche de rose, un nez à
la Roxelane, un teint vif et animé,
promettaient qu'à dix-sept ans elle
serait une des plus belles filles du
village ; ces heureux dons de la nature, pour avoir plus d'éclat dans
la société, ont encore besoin d'être
embellis par les qualités de l'ame et
de l'esprit, et sur-tout par une éducation soignée. Aussi Mad. Savonnet
ne négligea-t-elle rien pour parvenir à ce but, excitée par l'ambition
d'élever sa fille au-dessus de sa con-

dition, et de lui procurer un bien-
être qui la mit à même de vivre
dans une honnête aisance. Tout con-
courut, par un de ces hazards qu'il
n'est pas dans la prudence de l'homme
de prévoir, à seconder les vues éloignées de Madame Savonnet.

Une dame respectable, que des
malheurs inattendus et la perte de
la plus grande partie de sa fortune,
avaient obligée de se retirer à la campagne avec une seule domestique,
était établie depuis six mois à Neuilly. Madame Savonnet, qui avait eu
plusieurs fois occasion de parler à
Madame de Florincourt en venant
lui apporter son linge, n'avait encore osé l'entretenir de la résolution
qu'elle avait prise de donner une certaine éducation à sa fille, s'imaginant
que cette dame combattrait ce dessein, et repousserait la proposition

qu'elle voulait lui faire, de prendre
Catherine chez elle; elle se hazarda
cependant à entamer la conversation sur ce chapitre, et à lui faire
part de tous ses petits projets d'ambition. Mad. de Florincourt, qu'un
long usage du monde avait convaincu que ce n'était pas toujours
dans un rang élevé, et au sein de l'o-
pulence que l'on rencontrait le bonheur; « Madame Savonnet, lui dit-
» elle, la tendresse d'une mère est
» quelquefois sujette à s'abuser sur
» ce qui peut faire le bien-être de
» ses enfans. On s'imagine trop fa-
» cilement que les plaisirs et la fé-
» licité sont attachés à une condi-
» tion élevée, et que la médiocrité
» touche de près à la misère et au
» malheur; ce préjugé, qui s'est en-
» raciné dans presque toutes les
» têtes est une des principales causes

» des désordres qui règnent dans la
» société ; Ah ! daignez vous en rap-
» porter à mon expérience, la pers-
» pective qui se développe à nos
» regards , dans ce monde, a de
» quoi séduire au premier instant;
» mais cette espèce de séduction s'é-
» vanouit à mesure que nous nous
» approchons de l'objet qui avait
» frappé nos sens , et nous n'ap-
» percevons bientôt plus que des
» ruines où nos yeux avaient décou-
» vert auparavant un palais magni-
» fique. »

Madame Savonnet ne fut point
ébranlée par les raisons de Mad. de
Florincourt; sans vouloir les com-
battre, ou plutôt dans l'impuissance
de le faire , elle lui répondit que le
sort de sa fille lui était trop cher pour
l'abandonner au hazard , que ses

moyens pouvant lui permettre de
lui procurer un jour un établissement avantageux, elle ne pouvait y
parvenir qu'en lui donnant une éducation qui pût couvrir en quelque
sorte l'obscurité de son origine; car,
ajouta-t-elle, défunt mon mari, malgré tous ses défauts, n'avait pas celui de la prodigalité, et graces à son
économie, à notre travail et à quelques arpens de terre, il m'a laissé
maîtresse, en mourant, de quelques
revenus avec lesquels je pourrais
vivre comme une rentière; mais je
suis accoutumée au travail, et l'habitude est une seconde nature. Aussi
je blanchirai le public tant que mes
forces me le permettront; quant à
ma fille, elle ne sera jamais la très-
humble servante de ce même public
qui a la bonne habitude de mépriser

ceux qui sont dans la nécessité de le servir.

Mad. de Florincourt, la voyant inébranlable dans sa résolution, crut devoir prendre un milieu pour l'a- mener à des sentimens plus conve- nables à son état. Votre fille , lui re- pliqua-t-elle, commence déjà à lire et à écrire ; continuez de l'envoyer à l'école ; et dans ses momens de loisirs , elle pourra venir chez moi, où je pourrai lui apprendre quelques arts d'agrément , lui donner quel- qu'usage du monde ; mais je ne me donnerai cette peine qu'autant qu'elle vous secondera dans la partie de votre travail la moins pénible.

Cette proposition ne déplut point à Mad. Savonnet ; il fut convenu que Catherine ne s'occuperait chez sa mère qu'à repasser , coudre et porter le linge en ville, et que les intervalles, du tems qui ne seraient point remplis par ces occupations, seraient employés en entier à son éducation.

———

CHAPITRE II.

Courte digression. — Notice sur Mad. de Florincourt.

Avant de suivre le fil de notre narration, il est essentiel d'apprendre au lecteur ce qu'était Mad. de Florincourt. Cette dame était la fille de M. de Fierville, colonel d'un régiment de dragons. Elevée sous les yeux d'une mère qui lui prodiguait tout à-la-fois sa tendresse et ses soins, elle apprit de bonne heure à cultiver son esprit et à former son cœur sur les exemples de vertus qu'elle avait journellement sous ses

yeux. Les arts d'agrément , comme
la peinture et la musique , étaient
les seuls délassemens qui coupaient,
par des intervalles heureux , un plan
d'éducation consacré presqu'en entier à des occupations sérieuses et
utiles. Aussi , à l'âge de dix-sept ans
et demi , Mlle de Fierville pouvait
passer pour la personne la plus belle,
la plus sage , la plus instruite de
toutes les jeunes demoiselles de la
ville qu'elle habitait.

Tant de qualités heureuses, réunies
à des talens si précieux , fixèrent
sur elle les regards de toutes la
noblesse des environs. On ne parlait,
on ne s'entretenait que d'elle. Plusieurs partis très-riches se présen-
tèrent pour obtenir sa main et son
cœur ; la fortune favorisa M. de
Florincourt , jeune officier de la
plus grande espérance , et qui fesait

alors ses premières armes sous un de nos plus fameux généraux. Il devint l'époux de Mlle. de Fierville, qu'il amena aussitôt après la bénédiction nuptiale, dans une de ses terres.

Ces jeunes époux vivaient dans la plus parfaite intelligence, au sein des plaisirs d'une tendresse mutuelle, lorsque M. de Florincourt reçut l'ordre de rejoindre son corps. Un militaire français ne balance jamais entre la gloire et l'amour. Il s'arracha des bras d'une épouse éplorée pour voler sous les étendards de l'honneur.

Après une campagne glorieuse, où il s'illustra par son courage et son intrépidité, il revenait dans les bras d'une épouse adorée, accompagné d'un de ses compagnons d'armes. Une discussion qui survin entre eux pendant la route, et qui se changea bientôt en querelle, leur mit l'épée à la main. M. de Florincourt tua son adversaire. Obligé de fuir, ce brave et malheureux officier, au lieu de presser ses pas vers la demeure d'une épouse qui l'attendait avec la plus vive impatience, prit la poste à franc étrier, et arriva, après trois jours de fatigue, de crainte et d'inquiétude, au port de Calais ; il y resta un jour pendant lequel il écrivit à son épouse, et lui fit part de sa malheureuse aventure. Il l'engageait en même tems à venir le rejoindre en Angleterre, où il allait passer, et d'apporter avec elle tout l'argent qu'elle pourrait tirer de ses fermiers, et sur-tout de ne pas oublier ses bijoux et ses diamans.

Le lendemain il fit marché avec

le patron d'un bâtiment, qui, en quarante-huit heures, le débarqua à Douvres.

Il n'est pas facile de se faire une idée du trouble affreux et du désespoir qui bouleversèrent l'ame de madame de Florincourt ; elle perdit connaissance, et sans les prompts secours qu'on lui prodigua à tems, il est douteux qu'elle eût échappé à une crise aussi violente ; mais, comme il est dans la nature que les plus vives douleurs du corps et les peines les plus aigues de l'ame s'affaiblissent insensiblement, madame de Florincourt, après plusieurs jours voués aux larmes et aux gémissemens, se prépara à rejoindre son mari; et pour se conformer en tout point à ce qu'il lui prescrivait, elle exigea des avances de ses fermiers, rassembla ses bijoux et tout l'argent qu'elle put se procurer , et , après avoir réglé toutes ses affaires, elle se disposa à partir.

Arrivée à Calais, elle fut obligée d'y rester pendant quatre jours, pour attendre le retour du Paquebot. Ces quatre jours lui parurent un siècle, tant elle avait d'impatience de voler dans les bras d'un époux qu'elle chérissait plus qu'elle même.

Le cinquième jour elle partit en poste pour se rendre à Chelséa, où l'attendait M. de Florincourt.

Il n'entre point dans mon plan de faire le tableau de la première entrevue de ces jeunes époux. Il me suffira de dire qu'après les doux épanchemens de la tendresse la plus pure , ils se consultèrent entr'eux sur les moyens de pouvoir obtenir bientôt leur retour en France , en intéressant toute leur famille et tous leurs amis sur un duel qu'on ferait passer pour une rencontre. A la suite de ce petit conseil, M. de Florincourt écrivit à toutes les personnes en crédit de sa connaissance qui pouvaient lui être de quelqu'utilité pour solliciter sa grâce du monarque.

La vie que ces deux époux menaient à Chelséa, était l'image de celle de Philemon et Baucis. Peu communicatifs au déhors, ils avaient trouvé l'art de se créer une solitude et de se rendre heureux au milieu de la foule et du tourbillon du monde.

Six mois s'étaient déjà écoulés, pendant lesquels les nouvelles qu'ils recevaient de quinze jours en quinze jours, de leurs parens et de leurs amis, leur laissaient entrevoir l'espérance de pouvoir bientôt rentrer dans leur patrie, lorsque M. de Florincourt tomba dangereusement malade. Tous les secours de la médecine prodigués à tems, les soins actifs d'une épouse éplorée ne purent arrêter le germe de la mort qui circulait déjà dans ses veines ; après une agonie douloureuse , il expira entre les bras de son épouse , qui s'évanouit aussitôt, et qu'on ne put rappeller à la vie qu'à force de liqueurs spiritueuses.

Cet événement cruel et inattendu influa si fortement sur le physique de Mad. de Florincourt, qu'après les secousses affreuses d'une fièvre brûlante , son esprit s'aliéna. Dans son délire , elle appellait à haute voix son époux, lui parlait comme s'il était vivant , et lui prodiguait les noms les plus tendres ; mais bientôt s'appercevant que tout gardait le silence autour d'elle, elle entrait dans une espèce de fureur, dont les suites eussent été dangereuses, si l'on ne s'était opposé à la violence de ses transports.

Un abattement total succèda à des agitations aussi vives et aussi cruelles ; elle tomba dans un état de langueur qui fit craindre pour ses jours ; mais la force du tempérament et de la jeunesse surmonta la furie du mal, et au bout de cinq mois, Mad. de Florincourt recouvrit entièrement la santé. Elle fit aussitôt ses préparatifs pour retourner en France, où elle arriva le 17 mars 1781.

Madame de Florincourt était destinée, par une fatalité presqu'insurmontable, à éprouver toutes les vicissitudes d'une mauvaise fortune. Son père était mort, pendant son séjour en Angleterre, à la suite d'un procès considérable qui l'avait presqu'entièrement ruiné. Sa mère ne vivait plus que des débris d'une fortune immense, et ne pouvait donner à sa fille que des regrets et des larmes.

Les collatéraux de M. de Florincourt avaient été envoyés en possession de ses biens, et ceux que possédait Mademoiselle de Fierville, avaient été dilapidés pendant son absence; ses fermiers s'en étaient emparés d'une partie, et il fallut qu'elle plaidât pour tâcher de recouvrer l'autre. Après bien des sollicitations, des soins et des démarches, elle parvint enfin à retirer des griffes des gens d'affaires, deux mille livres de rente, avec lesquelles elle avait pris le parti de se retirer à la campagne , et de vivre loin d'un monde où elle n'avait éprouvé jusqu'alors , qu'une série con tinuelle d'infortunes et de calamités.

———————

CHAPITRE LII.

Progrès rapides de Catherine dans le chant et la musique ; l'amour se mêle de la partie.

Ce fut donc Madame de Florincourt qui se chargea, par pure complaisance, d'une partie de l'éducation de Catherine. Cette jeune fille, née avec une conception heureuse et une aptitude naturelle à apprendre tout ce qu'on voudrait lui enseigner, parvint bientôt à faire quelques progrès dans la lecture, l'écriture, l'arithmétique et dans l'art de broder. Les talens étaient plutôt nuisibles qu'utiles, selon Madame de Florincourt, lorsqu'on négligeait de former les qualités du cœur et de l'esprit. Aussi ses soins se bornaient-ils principalement à inculquer de bonne heure dans l'esprit de son élève, tous les principes d'une morale pure, l'attachement à ses devoirs, la bienveillance envers ses égaux, et sur-tout cette bienfaisance universelle qui s'attendrit sur les maux d'autrui, s'efforce de les soulager par des secours donnés à propos, ou par des consolations puissantes, lorsqu'elle est dans l'impossibilité de pouvoir faire d'autres sacrifices.

Catherine cependant grandissait à vue d'œil ; elle touchait déjà à sa quinzième année, âge heureux où tout prend autour de nous un aspect enchanteur, où l'on ne voit le monde qu'en beau, parce qu'il ne se présente à nos yeux, dans cette saison

de la vie, que sous des formes tout à-
la-fois agréables et séduisantes ; mais
aussi époque critique qui doit influer
pour la vie sur le sort d'une jeune
personne.

Madame de Florincourt ne né-
gligea rien pour prémunir son élève
contre les dangers qui allaient se
presser sous ses pas, en l'armant de
cette fierté, qui fait, qu'en s'estimant
et en se respectant soi-même, on
évite les écueils où peut échouer
notre inexpérience.

L'âge, en développant les formes
gracieuses de Catherine, développa
aussi un timbre de voix pur et so-
nore. Madame de Florincourt lui
donna quelques leçons de musique
vocale, mais elle hésita quelque tems
si elle lui apprendrait un peu de forté-piano dont elle jouait elle-même

assez agréablement; les instances de la mère et les prières touchantes de la fille, firent évanouir ses scrupules, et Madame de Florinconrt se disposa à enseigner à sa fille d'adoption les premiers élémens de cet instrument.

Les transports de joie que fit éclater Catherine, à cette heureuse nouvelle, ne peuvent guère se décrire. Elle courait embrasser sa mère, se jettait ensuite dans les bras de Mad. de Florincourt, à qui elle prodiguait mille caresses; et fesait enfin mille petites extravagances au milieu de la chambre, chantant, dansant et pirouettant en tous les sens et de toutes les manières, ensorte que si on ne l'eut connue, on l'eut prise pour une petite folle.

Madame de Florincourt ne tarda

pas à donner à son élève les premières
leçons de forté-piano ; celle-ci, née
avec une oreille juste, en profita
bientôt, et au bout d'un an, elle
jouait assez agréablement de cet instrument pour se faire entendre avec
plaisir dans la société ; quand elle
chantait et qu'elle s'accompagnait
avec le forté-piano, on était sur-
pris des progrès qu'elle avait pu
faire en aussi peu de tems.

Madame de Florincourt qui vivait
dans une espèce de solitude, admet-
tait rarement dans sa société, ses voisins et ses connaissances ; je ne parle
pas de ses amis, les infortunés n'en
ont point, le vent de l'adversité les
disperse comme la paille légère ; ce
n'était que dans des circonstances
inattendues qu'elles les invitait à
de petites fêtes, où elle se plaisait

à faire chanter son élève, et à l'accompagner.

Une succession de peu de valeur
dont elle hérita, et qui augmenta
son petit bien-être, sans augmenter
ses désirs, la détermina à réunir dans
un banquet plusieurs de ses voisins
qui avaient paru prendre quelqu'intérêt à ses malheurs; ce fut un jour
de dimanche que la petite société se
rassembla chez elle. On se doute bien
que Madame Savonnet et sa fille
étaient de la fête. A la fin du repas
chaque convive chanta une chanson;
le tour de Catherine vint; elle s'ap-
procha du forté-piano, et après avoir
préludé quelques instans, elle chanta
en s'accompagnant, la romance suivante :

ROMANCE

D'UN PERE A SA FILLE (*).

Air à faire.

Delphine! ô toi, qu'un funeste destin,
Depuis un an, sépara de ton père!
O mon enfant! je te revois enfin;
Je te revois, mais, hélas! sans ta mère!

Par le malheur, long-tems persécuté,
J'ai supporté les peines, la misère;
Je perdis tout avec la liberté,
Lorsque ton œil s'ouvrit à la lumière.

---

(1) On aurait dû s'attendre à une chanson amoureuse; mais les principes connus de Mad. de Florincourt ne permirent pas à son élève de moduler l'accent des passions en présence d'une société nombreuse; elle lui prescrivit cette romance, et l'empêcha même d'en chanter une autre.

Ta mère !... O ciel ! à l'amour, à sa foi,
Tout à-la-fois et rebelle et parjure,
M'abandonna. . . Saisi d'un morne effroi,
J'en demandai vengeance à la nature.

Si cependant. . . Pourquoi d'un vain espoir
Entretenir l'illusion chérie ?
Qui peut un jour manquer à son devoir,
Doit l'oublier le reste de sa vie.

O mon enfant ! de baisers innocens
Couvre le front de ton malheureux père ;
C'est le seul bien, au sein de mes tourmens,
Que ne pourra me dérober ta mère.

Le ton sentimental avec lequel elle
chanta cette romance, émut vivement
la compagnie ; chacun lui prodigua
des éloges et des applaudissemens ;
mais aucuns ne lui furent plus sensibles que ceux d'un jeune homme de
la société qui, s'approchant d'elle, lui
dit à voix basse :

« *Catherine, vous êtes aimable*
» *autant que belle, heureux le*
» *mortel qui pourra cueillir la*
» *rose d'amour que, chaque jour,*
» *vous embellissez par vos grâces*
» *et par vos talens* ».

Quand on eut bien chanté, on voulut danser; un jeune homme de la compagnie, qui jouait du violon, voulut bien être le ménétrier de cette petite fête. Le bal s'ouvrit; les danseurs s'animèrent, on exécuta les figures des contredanses tantbien que mal; la régularité des pas y entra pour peu de choses; on s'amusa beaucoup et c'était l'essentiel.

On doit présumer que Catherine s'y fit remarquer par sa légèreté et ses grâces; elle avait pour cavalier le jeune homme qui lui avait fait un si joli compliment, et qui lui en débita bien d'autres qu'elle feignit ne pas entendre et cependant qu'elle entendît très-bien.

Il fallut enfin se séparer ; l'am ou-reux de Catherine lui serra tendre-ment la main, en lui souhaitant le bon-soir ; ô vous qui avez aimé, vous devez savoir combien un doux ser-rement de main exprime de choses ; mais n'anticipons pas sur les événe-mens, et laissons chaque convive re-gagner son domicile, où nous pour-rons les retrouver , lorsque nous en aurons besoin pour la suite de cette histoire.

CHAPITRE IV.

*L'intrigue commence à se dévelop-
per. Lettre amoureuse. Son résultat.*

M. Désaulnais (c'est le nom de
l'amant de Catherine) était un jeune
homme de vingt-quatre ans , d'une
assez belle figure , et sur-tout très-
riche. Avec cette dernière qualité ,
on peut se passer aisément des autres ;
tous les ans, il venait jouir à Neuilly,
avec sa famille , des derniers beaux
jours de l'automne. Le hazard lui
avait procuré depuis peu de jours
la connaissance de Mad. de Florincourt , et c'était pour la première

fois qu'il voyait la belle Catherine.
Sa beauté fit une vive impression
sur son cœur, et lorsqu'il l'eut entendu chanter et jouer du forté-
piano, son imagination s'alluma, et
le désir de posséder une si charmante personne se changea bientôt
en une passion violente, qui parut
alors ne devoir s'éteindre que par la
possession de celle qui en était l'objet. Mais Catherine était vertueuse,
Catherine appartenait à une mère
qui, sous l'enveloppe d'une certaine
rusticité, cachait une ame honnête,
et incapable de se plier, pour un
peu d'or, aux suggestions d'un sé-
ducteur, et aux faiblesses de la fille,
elle était en outre sous la surveillance
d'une personne estimable qui ne
transigeait jamais avec les principes
et l'honneur. M. Désaulnais ne se
dissimula point tous les obstacles qui

allaient se presser sous ses pas , s'il
voulait tenter la conquête de l'élève
de Mad. de Florincourt ; mais ces
obstacles ne l'effrayèrent point : Au
milieu de ces pensées , il se coucha.
Il voulut s'endormir ; le sommeil se
refusa de mettre un terme à ses agitations ; voyant enfin qu'il lui était impossible de fermer la paupière , il se
leva , et s'étant procuré de la lumière
par le moyen d'un briquet , il s'assit
à son sécretaire, et écrivit la lettre suivante à notre belle blanchisseuse :

« Mademoiselle ,

« Il y a peut-être un peu de témé-
» rité de vous écrire , mais elle
» trouve naturellement son excuse
» dans la passion que vous venez
» d'allumer dans mon cœur ; je vous
» aime, que dis-je, je vous adore,

» belle Catherine, et rien au monde
» ne pourra éteindre un feu qui fera
» peut-être le bonheur ou le mal-
» heur de ma vie. Le bonheur, si
» vous répondez aux sentimens pas-
« sionnés que vous avez fait naître
» dans mon ame, et le malheur, si
» vous payez d'indifférence un amour
» qui ne finira qu'avec mon dernier
» soupir.

   » Ah! si j'étais assez heureux pour
» avoir fait passer, dans votre cœur
» une partie des transports qui brû-
» lent le mien, je me regarderais
» comme le plus fortuné des hommes
» et des amans.

   « Daignez, belle Catherine, m'ho-
» norer d'un mot de réponse; tracez-
» moi quelques lignes qui calment
» la vive agitation de mon cœur, et
» laissez-moi sur-tout l'espérance
» d'être un jour aimé de vous; en

» attendant je suis le plus sincère de
» vos adorateurs ».

DÉSAULNAIS.

M. Désaulnais attendit la pointe
du jour avec la plus vive impatience.
L'aurore parut enfin; il descendit dans
son jardin, où il se mit a rêver aux
moyens de faire parvenir sa lettre
entre les mains de Catherine à l'insçu
de sa mère ; l'expédient fut facile à
trouver, et le jour même elle lui fut
remise.

Si M. Désaulnais avait passé la nuit
sans pouvoir fermer l'œil, Catherine
n'avait pas été plus tranquille. Les
mots flatteurs qu'il lui avait adressés
chez Mad. de Florincourt, lui reve-
naient sans cesse à l'esprit. C'est en
flattant l'amour-propre d'une femme
qu'on lui inspire de l'amour, ou quel-

que chose qui lui ressemble. Catherine trouvait M. Désaulnais aimable,
et déjà même son cœur commençait
à lui parler en sa faveur; mais venant
ensuite à considérer la distance des
rangs qui formait un obstacle presqu'insurmontable à un engagement
sérieux, elle voulait s'efforcer de l'oublier; en amour, la première impression ne s'efface pas facilement; il n'y
a que le tems et l'absence qui puissent
l'affaiblir insensiblement, et par suite
l'anéantir.

Après une nuit un peu agitée, Catherine se leva pour vaquer aux soins
du ménage. Elle était à repasser, lorsqu'on frappa à la porte. C'était un domestique de M. Désaulnais qui apportait du linge fin à blanchir. Madame Savonnet venait de sortir; l'occasion était favorable; le domestique

2 *

lui remit, sans mot dire, la lettre de son maître et s'en alla.

Dans la disposition d'esprit où était Catherine, cette lettre lui fit éprouver un mouvement de joie qu'elle ne put dissimuler; mais réfléchissant ensuite aux sages conseils que lui donnait journellement Mad. de Florincourt, elle hésita longtems à l'ouvrir; mais la curiosité, et plus que tout cela encore, un vif penchant pour celui qui la lui adressait, firent oublier un moment Mad. de Florincourt, et la lettre fut décachetée.

Cette lettre qui flattait, tout à-la-fois l'amour et l'amour-propre de Catherine, fut lue et relue avec une émotion sensible. Après la lecture, elle tint conseil avec elle-même, si elle en ferait part à sa mère et à madame de Florincourt; après une mûre délibération, elle résolut de n'en point parler à sa mère, qui pourrait commettre quelqu'indiscrétion qui la rendrait la fable du village, mais de la montrer à Mad. de Florincourt, en lui demandant la marche qu'elle avait à suivre dans une pareille conjoncture.

Mad. Savonnet rentra ; on lui parla du linge de M. Désaulnais, mais on ne lui souffla pas le mot de la lettre. C'est un beau garçon que M. Désaulnais, dit Mad. Savonnet ; il est même un peu leste en paroles ; je m'en suis apperçu hier chez Mad. de Florincourt ; quand son linge sera blanchi, ce ne sera point toi, Catherine, qui le lui rendras ; je me réserve, contre notre coutume ordinaire, d'en être le porteur ; je n'aime pas tous ces conteurs de fleurettes ; ils veulent s'amuser avec toutes les jolies filles, et s'embarrassent fort peu de ce qui

peut en arriver. La fille de feu Guil-
laume, mon cousin, est un bel exemple de la valiscence de ces engeoleurs
de la ville, qui en prennent par-tout
où ils en trouvent, et se mocquent
ensuite de celles qu'ils ont attrapées.

Après ce petit monologue, Mad.
Savonnet heureusement se tut, car,
quand elle avait commencé à parler, on ne pouvait guère déterminer
où elle pouvait s'arrêter.

Catherine cependant continuait à
repasser et à commenter en elle-même
la lettre de M. Désaulnais, sans faire
trop d'attention au discours de sa
mère ; elle se sut bon gré de ne
lui en avoir point parlé , c'eut
été un trop beau commentaire que
la souscription de cette lettre. Elle
sortit ensuite pour se rendre chez
madame de Florincourt. En entrant
chez cette dame, elle parut un peu

embarrassée. Mad. de Florincourt
n'eût pas de peine à s'en appercevoir,
et lui demanda si elle était encore
fatiguée des plaisirs de la veille.

CATHERINE.

Non, madame.

mad. de FLORINCOURT.

Mais qu'avez-vous donc, ma bonne
amie, vous n'êtes pas dans votre as-
siette ordinaire; auriez-vous eu quelques démélés avec votre mère? Elle
est cependant bonne femme; mais par
fois un peu brusque.

CATHERINE.

Non, madame.

mad. de FLORINCOURT.

Auriez-vous passé la nuit sans dor-
mir?

CATHERINE.

J'ai été agitée toute la nuit.

mad. de FLORINCOURT.

Quelle est la cause qui a pu pro-
duire votre agitation?

CATHERINE, *baissant les yeux, et
lui donnant la lettre de M. Désaulnais.*

Tenez, madame.

mad. de FLORINCOURT, *après avoir
pris lecture de la lettre.*

Et vous l'avez reçue?

CATHERINE.

Oui, madame.

MAD. de FLORINCOURT.

Et vous l'avez montrée à votre mère ?

CATHERINE.

Non, madame.

MAD. de FLORINCOURT.

Écoutez, Catherine ; je vais vous parler en amie ; en recevant la lettre de M. Désaulnais, savez-vous à quoi vous vous exposez ; une jeune fille qui a l'indiscrétion d'ouvrir une lettre qui lui est adressée par un

jeune homme, fait présumer presque
toujours avec raison, qu'elle en est
complice ; c'est un premier aveu
de sa faiblesse ; c'est un premier pas
fait vers l'oubli de ses devoirs ; c'est,
en un mot, le prélude d'une conduite
qui blessera tout à-la-fois les mœurs
et l'honnêteté. Dieu me garde de penser que vous ayez eu mauvaise intention en recevant cette lettre, je crois
même que vous avez agi avec légèreté ; mais si vous aviez suivi
les conseils que je vous donnais journellement, vous l'auriez refusée. M.
Désaulnais qui apprendra que vous
avez reçu sa lettre, tout en concevant
de vous une mauvaise opinion, em-
ployera tous les moyens de la séduction pour vous amener à ce qu'il desi-
sire de vous. Il vous méprise déjà intérieurement, et il a raison. Vous

avez encore commis une seconde
faute, en dérobant la connaissance
de cette lettre à votre mère; mais
celle-ci, je l'excuse; j'aurais craint,
comme vous, les emportemens de
Mad. Savonnet, et l'espèce de scan-
dale qu'elle aurait pu donner dans le
village, en divulguant elle-même ce
qui doit toujours rester dans le plus
profond oubli. J'espère que vous ne
ferez aucune réponse à cette lettre,
ni d'une manière, ni d'une autre. Je
me charge moi-même de ce soin. Si
par hasard M. Désaulnais vous en
faisait présenter une seconde, refusez-
la nettement.

Après cette petite mercuriale, madame de Florincourt embrassa son
élève, en l'engageant avec douceur
à suivre très-scrupuleusement tous
ses conseils; elle lui fit entrevoir

qu'en persévérant à mener une conduite sage et régulière, elle en re-
cueillerait un jour les fruits les plus
doux.

CHAPITRE V.

Espérance déchue. On ne peut tout prévoir. Dialogue intéressant entre deux personnages.

M. Désaulnais attendait avec impatience une réponse à sa lettre ; plusieurs jours s'écoulèrent sans entendre parler de Catherine et même sans avoir pu la voir, malgré qu'il employât une partie de la journée à passer vingt fois devant sa porte et celle de madame de Florincourt.

Il se disposait déjà à en écrire une plus explicative que la première, lors

qu'il reçut celle de madame de Florincourt. Elle était ainsi conçue :

« Monsieur,

» Comme l'interprète et l'organe
» des sentimens de Catherine, je
» crois devoir une réponse à la let-
» tre que vous lui avec écrite.
» Votre conduite ne m'a point
» paru extraordinaire ; c'est celle des
» jeunes gens de votre âge, qui ne
» doutent de rien, et dont les pas-
» sions calculent, en se jouant, le
» déshonneur d'une jeune personne.
» J'avais conçu une meilleure opi-
» nion de vous ; je vous avais excepté
» de la masse générale, et malheu-
» reusement je me suis trompé. Si
» votre démarche n'est que l'effet
» d'un moment de délire, je l'ex-
» cuse ; mais à condition que vous

» abandonnerez un projet qui ne
» peut vous réussir.

» J'ai l'honneur d'être, etc.

» FIERVILLE, veuve DEFLO-
» RINCOURT. »

Cette missive, à laquelle ne s'attendait guère M. Désaulnais, en dérangeant ses projets, l'affecta sensiblement. L'estime et la considération dont jouissait madame de Florincourt, formaient devant lui une barrière qu'il n'était guère possible de renverser, sans blesser les convenances de la société, et sans se couvrir de mépris; mais ce qui blessait le plus son amour-propre, c'était de voir échouer à son origine, une intrigue dont il s'était promis les plus grands plaisirs; il sentait intérieurement que madame de Florincourt avait raison; mais la

voix des passions, qui ne raisonnent
jamais, lui criait sans cesse que le
plaisir était le prémier bien de ce
monde, et que tous les moyens qui pouvaient nous y conduire, étaient légi-
times ; réfléchissant ensuite aux incon-
véniens qui en pouvaient résulter tant
pour lui que pour Catherine, il résolut de renoncer à un projet que com-
battait son cœur, et que réprouvait
l'honnêteté ; mais il sentit en même-
tems qu'il ne pourrait parvenir à éteindre cette passion qu'en fuyant celle qui
l'avait fait naître. M. Desaulnais, quoiqu'à la fleur de l'âge, avait des principes : une éducation soignée avait
jetté de bonne heure dans son ame le
germe de la vertu ; et il n'est guère
possible de le déraciner, lorsqu'on vit
avec des personnes qui nous retracent
sans cesse nos devoirs par leur conduite et par leurs exemples.

Au milieu de cette contrariété d'idées qui se détruisaient alternativement, il se jetta sur son lit pour reposer ; il dormit quelques heures ; le sommeil rafraîchit les sens et les calme insensiblement. En s'éveillant, il se trouva plus tranquille ; il se préparait à sortir, lorsque madame Savonnet entra ; il crut qu'elle était instruite de tout ; il voulut éviter sa présence, et s'échapper. Il appela son domestique, le domestique n'était pas à la maison ; il fallut bon gré, malgré, écouter madame Savonnet qui, en lui remettant son linge, commença à lui parler de toute autre chose que de la lettre qu'il avait écrite à sa fille ; ce qui le rassura un peu ; et bientôt à la suite d'un flux de paroles presqu'incroyable, il fut réellement convaincu que la bonne femme n'avait point été mise dans la confidence ; ce qui l'enhardit lui-même à saisir la parole, et à lier uue conversation suivie avec elle.

M. DÉSAULNAIS.

Vous avez une fille charmante, madame Savonnet.

Mad. SAVONNET.

Tout le monde le dit, c'est une belle et bonne fille, qui reçoit maintenant une fière éducation ; elle m'aime comme je l'aime, et grâces à Dieu, elle n'a pas affaire à une ingrate ; j'ai de quoi l'établir joliment, et ne l'aura pas qui voudra.

M. DÉSAULNAIS.

Songez-vous à la marier ?

Mad. SAVONNET.

Monsieur pas encore, elle est trop jeune ; tenez, monsieur Désaulnais, comme vous êtes honnête homme, et que je m'appelle madame Savonnet, je ne marierai ma fille que dans trois ans, elle en a aujourd'hui dix-sept, et vingt ans sont le seul âge où l'on doit mettre une fille en ménage ; feu mon mari (Dieu veuille avoir son ame) pensait comme moi là-dessus ; c'était son intention de n'établir sa fille qu'à cet âge, et vous savez....

M. DÉSAULNAIS.

Je sais tout cela ; mais à qui prétendez-vous la donner en mariage ? Avec sa beauté et son éducation, elle doit trouver un bon établissement.

Mad. SAVONNET.

Je l'espère bien ; les pêcheux de la Grenouillère, les faraux de la halle et les blanchisseurs de ce village n'en tâteront pas ; elle épousera un marchand ; elle sait l'arithmétique en perfection, et elle ne figurera pas mal dans un comptoir.

M. DESAULNAIS.

Catherine est faite pour trouver mieux que cela ; avec des talens et de la beauté, elle peut vivre dans le grand monde où elle fera l'admiration générale.

Mad. SAVONNET.

Non, monsieur, elle n'ira pas dans le grand monde ; ma fille est une

fille d'honneur, je la marierai à tems
avec un gendre qui me conviendra...

Un ami de M, Desaulnais qui entra, mit fin à cette conversation, qui
grâces aux soins de madame Savonnet,
prenait la tournure de ne pas finir de
si tôt. Elle prit le parti de se retirer,
satisfaite d'elle-même et de M. Désaulnais, qui avait favorisé avec tant
de complaisance l'heureux penchant
que le ciel lui avait départi de parler
beaucoup pour ne rien dire.

CHAPITRE VI.

Actes de bienfaisance, faits sans ostentation. La récompense d'une bonne action est en elle-même.

En rentrant chez elle, madame Savonnet n'eut rien de plus pressé que de faire part à sa fille de la conversation qu'elle avait eue avec monsieur Désaulnais. « C'est un excellent garçon, dit-elle ; et voilà comme il me faudrait un gendre, ça n'a pas de fierté ; ça cause avec vous ni plus ni moins que mon compère Jérôme. C'est bien dommage qu'il soit si riche; ça ferait ton affaire tout net, et je crois que tu n'en serais pas fâchée..... Tu ne dis rien ; est-ce que tu ne penses pas comme moi ? Mais n'y songeons plus. Catherine avait écouté avec plaisir le monologue de sa mère ; elle était flattée qu'elle trouvât monsieur Dé-saulnais à son goût, et elle se reprocha un instant de n'avoir pas répondu à sa lettre.

Si Catherine était belle et bonne, elle était aussi bienfaisante. A l'une des extrémités du village, demeurait un vieux serviteur de l'état, un brave militaire qui avait répandu son sang pour sa patrie, sans obtenir sur la fin de ses jours, le prix dû à ses services. Il ne subsistait que d'une modique pension qui lui était faite par un fils qui ne vivait que du travail de ses bras. Cette pension, malgré sa grande parcimonie, était loin de suffire à ses besoins ; quelques ames bienfaisantes

du village, et sur - tout Catherine,
suppléaient, suivant leurs petites
facultés, à ce qui manquait au
vieillard. Mademoiselle Savonnet s'e-
tai chargée de son linge, et chaque
fois qu'elle lui reportait, elle y ajou-
tait quelqu'argent, fruit de ses éco-
nomies ; et chaque fois, elle priait
notre vieux militaire de n'en jamais
parler.

Pour une ame reconnaissante, le
silence est un poids dont elle désire
se soulager, et le vieillard gardait à
regret la consigne qui lui avait été
donnée : un événement inattendu lui
permit enfin de donner un libre cours
à sa reconnaissance ; le curé de l'endroit faisait le recensement des pau-
vres de la paroisse ; quelqu'un lui parla de notre militaire qui était dans
un état voisin de l'indigence. Il s'y
transporta, et après plusieurs ques-

tions relatives aux ressources qu'il avait, sa pension ne pouvant suffire à ses besoins, il lui demanda le nom des ames bienfaisantes qui lui prodiguaient des secours. Le vieillard nomma tous ses bienfaiteurs, à l'exception d'un seul.

Il est encore une personne, ajouta-t-il, qui est pour moi un ange tutélaire. Comme la divinité, elle cache ses bienfaits ; les publier, serait lui en ôter le mérite, car elle a exigé de moi le serment de n'en ouvrir jamais la bouche. Aussi belle que bonne, aussi sensible que généreuse, son cœur est le sanctuaire de toutes les vertus... Mais, en la dépeignant sous ses traits, je crois avoir violé mon serment ; qui ne la reconnaîtrait au portrait que je viens d'en tracer ; vous ne pouvez vous y méprendre, monsieur le Curé, et il est superflu

en ce moment que je vous dise son
nom... Comment ! vous ignorez ce
qui fait l'ornement de ce village par
sa beauté, et l'exemple par ses vertus,
Catherine... à ces mots le vieillard se
tût, pencha sa tête sur sa poitrine,
comme un homme qui avait à se re-
procher d'avoir rompu son serment.
Catherine !.. répliqua le curé; Ah !
je devais m'en douter bon vieillard !
vous n'êtes pas le seul pour qui cette
vertueuse fille soit une seconde providence ; une femme de votre âge ne
subsiste pour ainsi dire que par elle...
Brave homme, ne vous reprochez
point d'avoir publié ses bienfaits, il
faut au contraire les divulguer à
haute voix ; il faut que leur publi-
cité aille réveiller ce riche qui s'en-
dort péniblement sur des sacs d'or,
qu'elle trouble son sommeil, et jette
dans son ame le germe du remords,

si toutefois, elle en est encore sus-
ceptible. Forçons-le toujours de rougir, et faisons qu'il baisse les yeux devant celle dont la présence doit être
un témoin vivant et accusateur de son
avarice et de son égoïsme.

Monsieur, ajouta le bon curé, il
y a assez long-tems que Catherine
remplit les devoirs sacrés de mon
ministère ; il est tems que j'en dé-
charge celle qui s'en acquitte avec
tant de délicatesse. En attendant que
je puisse mieux faire, prenez ces six
louis, j'en puis disposer sans faire
tort aux indigens dont je suis le père.
Le vieillard hésita long-tems, s'il
pouvait recevoir une telle somme,
sans diminuer la portion à laquelle
d'autres pouvaient avoir droit. Prenez, prenez hardiment, monsieur,
et en toute conscience reprit le curé;

3 *

cet argent m'appartient ; et je ne puis mieux le placer qu'en l'employant à soutenir un brave militaire qui a justement à se plaindre de l'ingratitude de ses concitoyens, et de l'oubli souvent involontaire du gouvernement pour ceux qui l'ont bien servi. En achevant ces mots, il sortit.

Le soir il alla rendre une visite à madame de Florincourt. Il la trouva occupée à broder, et Catherine à faire la lecture ; c'est donc vous, dit - il, en s'adressant à mademoiselle Savonnet, qui voulez me ravir les occasions de remplir les plus saintes fonctions de mon ministère, en allant déterrer les malheureux dans leur chaumière pour leur porter le fruit de vos épargnes et de votre travail.

Une aimable rougeur, à ces mots,

couvrit le front de Catherine, qui balbutia quelques paroles sans suite. Le curé raconta à madame de Florincourt ce qu'il venait d'apprendre de son élève, et le secret dont elle enveloppait ses bonnes actions.

Madame de Florincourt courut embrasser Catherine, et lui dit : Ma fille, la récompense d'une bonne action est en elle-même : tu as dû déjà l'éprouver ; mais lorsque malgré soi, elle est découverte, on doit s'applaudir des louanges qu'elle nous attire. Pourquoi m'avoir caché ce que j'aurais appris avec tant de plaisir, à moi, ta confidente et ton amie? J'aurais joint mes bienfaits aux tiens, j'aurais partagé tes privations. S'adressant ensuite au curé. Monsieur, je rends graces au ciel de l'heureuse nouvelle que vous venez de m'apporter; le récit d'une bonne action faite par une personne qui nous intéresse, nous rafraîchit le sang et nous rend meilleurs. Approche, ma fille; approche, viens m'embrasser : tu avais commis une légère indiscrétion; mais je veux l'oublier, tout est pardonné ; avec un cœur comme le tien, on peut commettre quelques erreurs, mais jamais de grandes fautes. Ma fille! (je ne t'appellerai plus que de ce nom !) Persévère avec courage à suivre le sentier de la vertu : il est pénible quelquefois à parcourir; mais la perspective qui le termine offre un aspect enchanteur, qui nous fait oublier la longueur de la route et les peines qu'on a souffertes pour arriver au but désiré.

Catherine était, pour ainsi dire, confuse et des caresses de madame

de Florincourt et des éloges du curé ;
son ame sensible ne put résister à une
si vive émotion, des larmes abon-
dantes coulèrent de ses yeux ; elle
voulut se couvrir le visage avec son
mouchoir. Ne cache point tes pleurs,
ma chère fille, poursuivit madame
de Florincourt, elles ont un motif
trop beau pour en arrêter le cours ;
et comme nous dit un de nos bons
poëtes :

Ne cache point tes pleurs, cesse de t'en défendre ;
C'est de l'humanité la marque la plus tendre.
Malheur aux cœurs ingrats et nés pour les forfaits,
Que les douleurs d'autrui n'ont attendri jamais.

Notre bon curé , ému par ce
spectacle, ne put s'empêcher de répandre aussi quelques larmes , et
avant de prendre congé de made-

selle Savonnet, il lui adressa ces paroles :

« Je regarde comme un des jours
» les plus heureux de ma vie, celui
» qui m'a procuré la connaissance
» des bienfaits que vous cherchiez à
» ensevelir dans le plus profond ou-
» bli ; belle comme un ange, vous en
» avez aussi les vertus. Conservez-en
» le germe précieux, cultivez-le
» toute la vie avec le plus grand soin.
» Votre sexe est fragile, et souvent,
» avec les qualités du cœur les plus
» estimables, il tombe dans des fautes
» graves, que le monde ne pardonne
» jamais. Vous avez une mère res-
» pectable, vous avez une amie dont
» je vous engage toujours à suivre
» les conseils ; et soyez persuadée
» que le résultat d'une conduite sage
» ne peut que contribuer à votre
» bonheur ».

Après ce petit discours, le curé ayant salué madame de Florincourt et son élève, se retira.

CHAPITRE VII.

*Un bon exemple multiplie les bonnes
actions. — Nouvelles tentatives.
— Nouveaux obstacles.*

En sortant de chez madame de Florincourt , notre bon curé dirigea ses
pas vers la maison de monsieur Désaulnais. Il voulait solliciter la bienfaisance de ce nouvel habitant de sa
paroisse pour un de ces êtres infortunés dont l'existence n'a plus d'appui
que la commisération publique (1);

(1) Appui bien faible , et sur lequel on ne
peut se reposer qu'en buvant à longs traits
dans la coupe de l'humiliation,

il trouva une société nombreuse
et choisie ; après les premières civilités , il se préparait à s'en aller.
Non , non, monsieur le curé, lui dit
monsieur Désaulnais, en le conduisant
vers l'embrâsure d'une fenêtre, vous
souperez avec nous. Un brave et honnête homme n'est jamais de trop parmi
des honnêtes gens; vous nous raconte-
rez les anecdotes du village, le bien que
vous avez fait, et celui que vous vous
proposez de faire. — Le bien que je
fais, répliqua le curé, n'est pas aussi
étendu que je le désire, et malgré
ma bonne volonté, je suis souvent
prévenu dans une bonne action; aujourd'hui encore, j'ai été le témoin
d'un spectacle attendrissant dont je
conserverai le souvenir jusqu'à ma
dernière heure. — Et pourriez-vous
nous dire les noms de celui ou de celle
qui vous a procuré un si délicieux mo-

4

ment de jouissance. — Une jeune personne. — Est-elle jolie ? — Belle, autant que vertueuse; elle soutient depuis
dix-huit mois, du fruit de ses épargnes
et d'une partie de son travail, un vieillard et une femme âgée. Tout le monde
l'ignorait, car elle avait exigé par serment le secret le plus inviolable; ce
n'est que par importunité que j'ai dé-
couvert que c'est souvent dans une
condition inférieure qu'on rencontre
ces belles ames qui sont faites pour
honorer l'humanité. — Et son nom,
M. le curé. — Son nom, M. je ne
sais si je dois le dire; mais pourquoi
le cacherais-je ? C'est mademoiselle
Savonnet, plus connue ici sous le
nom de la Belle-Catherine. — Catherine ! — Oui, monsieur. Cette
jeune personne promet d'être l'ornement de son sexe et la honte du nôtre.
— Catherine!.... —

Les dernières paroles du curé avaient fait une vive impression sur l'ame de monsieur Désaulnais; il garda quelques instans le silence, puis il reprit : j'ai entendu parler de Catherine, je l'ai même vu; je vous avouerai, monsieur le curé, que sa beauté m'a ébloui; elle chante comme un rossignol, joue du forté - piano agréablement, elle est bonne, sensible; que de qualités précieuses pour un mari; c'est dommage que le hazard l'ait fait naître dans une condition obscure ; sans cela , monsieur le curé , je crois que je l'épouserais. — Je crois que ce ne serait pas la plus mauvaise acquisition que vous pussiez faire ; quand il s'agit du bonheur de la vie, on ne doit pas s'arrêter à des convenances de société. — Je suis de votre avis ; mais il est certains préjugés de société auxquels, malgré leur absurdité, on doit nécessairement sacrifier; le dessein de sa mère n'est probablement pas de la donner à une personne de son état. — Je l'ignore. — Ce serait dommage qu'une fille si aimable devînt la propriété d'un blanchisseur de ce village, ou d'un habitant de la Grenouillère ; mais, à propos, monsieur le curé, vous n'êtes pas venu ici sans motif? Vous avez quelque chose à me dire. — Oui, monsieur. — Puis-je vous être utile à quelque chose ? — Oui, monsieur, je viens implorer votre bienveillance pour un être respectable, mais plongé dans la plus affreuse misère ? — Ne serait-ce pas le vieillard de Catherine? — Non, monsieur, il a son ange gardien. — C'est donc cette femme agée dont vous me parliez tout-à-l'heure? — Non, monsieur, Catherine est sa providence. — Expliquez-vous donc, M. le curé. — Eh ! bien, monsieur, puisqu'il faut vous le dire, c'est pour un homme bien né, que des malheurs inattendus ont reduit à la dernière extrémité, et qui doit cacher son nom. — Je respecte son secret : passez dans mon cabinet, et je vous donnerai ce que j'ai de disponible.

Notre bon curé suivit monsieur Désaulnais, qui lui remit cent francs. Monsieur, ajouta-t-il, j'exige une condition ; c'est que cet argent soit remis à cet infortuné par les mains de Catherine. — Et pourquoi cette condition ? — Parce que ce don en acquerrera plus de prix, présenté par une fille et si belle et si bonne... — Je remplirai votre intention.....

Le lendemain, le curé alla chez madame Savonnet, où il trouva Catherine occupée à travailler à

l'aiguille; il lui annonça la mission
dont il était chargé, et la pria de s'en
acquitter au plus vite, parce que le
malheureux pour qui était destiné l'argent qu'il apportait, en avait le plus
grand besoin. — Et de la part de qui,
lui dois-je présenter cet argent, reprit
Catherine ? — De quel part! de celle
de monsieur Désaulnais. — De monsieur Désaulnais! — Eh! pourquoi,
ajouta madame Savonnet, choisir ma
fille pour cette commission? — Monsieur Désaulnais a cru que son action
en acquerrait plus de mérite en pas-
sant par des mains si pures; Vous
avez une fille, madame Savonnet,
poursuivit le curé, qui vous fait le
plus grand honneur, savez-vous......
Je sais tout, monsieur, bon chien
chasse de race, et dans notre famille,
graces à Dieu, on n'a rien à nous re-
procher ; nous pouvons marcher la

tête levée , sans qu'on ait rien à nous dire : ma fille tient de son père et de sa mère; elle n'a eu que de bons exemples dans sa famille , et je crois qu'elle en a profité. — Catherine, quand tu iras porter ton argent , tu y ajouteras ces deux chemises-ci et cet écu de six livres ; j'ai le cœur sensible comme un autre , monsieur le curé , et si j'ai les manières un peu grossières, j'ai le cœur bon ; défunt mon mari me rendait cette justice, ce n'était pas un homme qui vous louangeait, il fallait être bien parfait pour lui plaire, et je me souviendrai toujours de ce qu'il dit un jour chez le compère Jérôme ; il faut que je vous raconte cela, car Dieu merci, ça en vaut la peine. Il disait donc un jour...
— Pardonnez , madame Savonnet , il faut dans ce moment, que j'aille

voir un malade qui est à l'article de la mort. — Je sais qui vous voulez dire ; n'est-ce pas Eustache Topinambour, qui demeure à l'entrée du bois de Boulogne. — Oui, madame. —C'était un fier luron dans son tems, et si j'ai bonne mémoire, c'est lui qui en repassait d'une bonne manière à ceux de la Grenouillère. Il me fit la cour en tout bien et en tout honneur, à telle fin qu'il me voulait en mariage. C'était un brave garçon mais qui n'avait pas d'état. Notre famille ne voulut point entendre parler de cette alliance. Topinambour n'avait que ses bras, et vous savez que quand on n'a que ses bras, ce n'est pas assez : on tombe malade, et il faut vous porter à l'hospice. Ce pauvre garçon, tout désespéré, voulait se jeter de dessus son bachot dans la rivière ; ses amis l'arrêtèrent. Il s'engagea dans la troupe, pour n'avoir pas le crève cœur de me voir marier à un autre. En partant pour le régiment, il m'écrivit une belle lettre : je l'ai encore. Il me disait qu'il allait à l'armée de la guerre, pour noyer son chagrin dans le sang des quinzerliques ; et puis... Mad. Savonnet, on m'attend, et j'aurai le plaisir un autre jour de vous voir et de causer à l'aise. — Mlle. Catherine, allez vite chez ce monsieur ; un bienfait ne doit jamais se faire attendre : différé un seul instant, il perd la moitié de son prix.

Catherine sortit, arrivée chez cet infortuné : monsieur, lui dit-elle, voici ce que je suis chargée de vous remettre ; c'est M. le curé qui vous a procuré ce secours, et c'est M. Désaulnais à qui vous en devez toute la reconnaissance. Permettez que ma mère y ajoute ces deux chemises et cet écu de six f., c'est le denier de la veuve.

Charmante fille, s'écria le vieillard, en levant les mains au ciel, je vous remercie; il est donc encore sur la terre quelques ames sensibles, pour qui une bonne action est encore une jouissance: je vous en rends graces, ô mon Dieu! comblez de vos bénédictions ces cœurs rares, qui semblent être une émanation de votre divinité; prodiguez leur le trésor de vos miséricordes; que leur exemple soit un reproche vivant de la dureté de ces ames de bronze qui n'ont jamais éprouvé une seule émotion, qui n'ont jamais versé une seule larme d'attendrissement!...

La personne qui vous a chargé du soin de me transmettre ses

bienfaits, a voulu encore y ajouter un nouveau prix, en les faisant passer par vos mains ; c'est par les mains de la beauté vertueuse qu'il a voulu ennoblir son bienfait ; et il ne pouvait choisir personne qui pût remplir mieux que vousses intentions bienfaisantes.

Catherine baissa les yeux ; une rougeur modeste couvrit son front ; mais on lisait dans ses regards qu'elle jouissait intérieurement de la satisfaction de cet infortuné, et plus encore de ce que le bienfait avait été prodigué par une personne qu'elle ne croyait qu'estimer, et qu'elle commençait à aimer réellement.

Monsieur, dit-elle gracieusement au vieillard, en prenant congé de lui, cette visite ne sera pas la dernière que je vous ferai ; j'espère venir bientôt vous revoir, avec une dame qui me sert, pour ainsi dire, de seconde mère et d'amie ; ah ! si vous saviez comme elle est bonne, vous l'aimeriez tout de suite, j'en suis sûre ; vous lui conterez vos malheurs. . . ; car je m'apperçois bien que vous n'avez pas toujours été dans l'état affligeant et malheureux où le sort vous réduit en ce moment.

Le vieillard, en la saluant respectueusement, ajouta : remerciez pour moi madame votre mère ; dites-lui que je suis bien reconnaissant de l'intérêt si vif qu'elle prend à un infortuné, abandonné de ses parens, de ses amis. . . et presque de la nature entière ; dites encore à celui qui m'a obligé si généreusement sans me connaître, qu'un bienfait ne reste jamais sans récompense, et qu'un jour

il recueillera le prix de ce penchant si louable et en même tems
si rare de répandre ses bienfaits sans
chercher d'autre témoignage que
celui de son cœur.

———

CHAPITRE VI.

Apparirion inattendue. Fête de village. L'amour y joue son rôle. Evénemens imprévus.

Catherine, en quittant le vieillard, alla chez madame de Florincourt ; elle lui fit part de la mission dont elle avait été chargée, et dont elle venait de s'acquitter, s'attendant à l'approbation et aux éloges de cette dame. Mon amie, lui répondit madame de Florincourt, le motif est trop beau pour le blâmer, et néanmoins vous avez commis une imprudence en acceptant cette mission. Je veux croire que M. Désaulnais en procurant des secours à cet infortuné , n'a consulté que son cœur et sa générosité ; mais pourquoi les transmettre par votre canal? ne pouvant plus vous écrire, il a choisi un moyen délicat de se rappeler à votre souvenir ; et vous pouvez considérer cet argent passé entre vos mains, comme une seconde lettre. — Mais, madame , c'est M. le curé qui a voulu absolument que j'allasse chez ce vieillard. — M. le curé ignorait la lettre que vous avait écrite M. Desaulnais ; car s'il l'eut su , il se serait bien donné de garde de vous charger de cette fonction. Ma bonne amie, dans tout cela il n'y a qu'une légère inconséquence, mais qui pourrait vous compromettre si elle se réitérait. Soyez le canal des graces et des secours de toute autre personne, mais jamais de M. Désaulnais. Un bienfait dès que son motif est altéré par quelqu'intérêt humain, cesse d'être tel; et dans l'action de M. Désaulnais, on doit présumer que vous en avez été la première cause; l'amour est quelquefois ingénieux dans ses tentatives, et souvent le monde applaudit à ce qui n'est que le simple calcul de la passion, qui n'hésite pas à prendre le masque de la vertu, pour arriver à son but.

Madame, répondit Catherine, il est donc une fatalité attachée à ma personne; quand je crois faire une action irréprochable, vous m'y découvrez un principe vicieux qui en ôte tout le mérite. Maintenant j'aurai soin de vous consulter avant de faire la moindre démarche pour qui que ce soit; en voyant cet infortuné si content et si satisfait, j'étais heureuse, et cependant j'étais coupable !...

—Non, ma fille, vous n'étiez point coupable ; vous étiez dans l'erreur, et cette erreur avait sa source dans votre inexpérience ; et ce qui achève de vous justifier entièrement à mes yeux, c'est l'aveu que vous m'avez fait de votre action, sans chercher à la dénaturer en aucune manière ; soyez toujours ce que vous êtes, et vous serez toujours aimée et estimée de tous ceux qui auront l'avantage de vous connaître.

M. Désaulnais cependant, sur le point de quitter sa campagne, pour retourner à Paris, desirait, avant son départ, voir Catherine et lui parler ; la chose n'était pas facile ; il y réussit cependant, par l'effet d'un de ces hazards qui semblent toujours favoriser ceux qui doivent le moins s'y attendre.

Mad. Savonnet devait aller avec

4 *

sa fille à Courbevoie (1) le jour de
la fête de ce village, chez un de ses
cousins qui les avait priées avec ins-
tance de venir chez lui honorer le saint
de la paroisse. Le jour arrivé, ils par-
tirent dès les neuf heures du matin ;
rendues chez le cousin, on commença à déjeûner, ensuite on alla à
la messe ; après le service divin, on
fit quelques tours de promenades
dans le village, et on rentra à la
maison pour dîner.

Plusieurs garçons du village, amis
ou parens du cousin étaient du repas;
on y parla beaucoup sans trop s'entendre, on y but encore davantage ;
les propos joyeux, succédèrent aux
plaisirs de la table ; on rit à gorge dé-
ployée ; on chanta, ou plutôt on dé-

_____

(1) Village au-dessus de Neuilly.

tonna outre mesure ; mais on s'amu-
sait et c'était l'essentiel.

Chacun avait chanté comme il l'a-
vait entendu ; il ne restait plus que
Catherine qui n'avait pas payé sa
dette à la société , quoiqu'on l'en eût
priée mille fois ; mais enfin il fallut
céder aux vives sollicitations de son
cousin , de sa cousine , de sa mère ,
et de toute la société. Elle chanta la
romance suivante , sur l'air du nouveau *Confiteor* :

Glycère m'a ravi son cœur ,
Jeunes bergères du village ,
N'enviez plus son air vainqueur ;
Glicère est belle ; mais volage. . . (*bis*.)
Oui , c'en est fait, (*bis*) amour trompeur ,
J'abjure aujourd'hui ton erreur.　　(*bis*.)

Si tu la revois en ces lieux ,
Zéphire , retiens ton haleine ;

N'agite plus ses blonds cheveux,
Eloigne-toi de l'inhumaine. . .   (*bis.*)
Oui, c'en est fait, etc.

Muguet heureux, brillant Jasmin,
Je vous cultivais pour Glicère,
Vous ne parerez plus son sein,
N'embellissez que mon parterre... (*bis.*)
Oui, c'en est fait, etc.

Toi, qui dans la belle saison,
Parus seconder mon ivresse,
Relève-toi ; tendre gazon,
Tu me rappelles ma faiblesse !   (*bis.*)
Oui, c'en est fait, etc.

Par vos concerts, petits oiseaux,
N'amusez plus cette infidèle ;
Et vous délicieux berceaux,
Ne vous ombragez plus pour elle.   (*bis.*)
Oui, c'en est fait, etc.

Mais, la perfide, je la voi!
Quelle volupté ! que de charmes!
Peut-être, amour... Ah ! laisse-moi,

Et ma tendresse, et mes alarmes. (*bis.*)
Glycère, m'aime (*bis.*) et dans son cœur
Je vais retrouver le bonheur ! (*bis.*)

Une voix enchanteresse unie aux charmes d'une figure séduisante, devait faire une vive impression sur des jeunes gens dont le cerveau était déjà échauffé par les fumées du vin ; aussi l'enchantement que Catherine produisit par les sons de sa voix harmonieuse était à son comble ; toute la société gardait le plus profond silence, et elle écoutait encore après même qu'elle eût cessé de chanter.

Un des garçons, plus libre que les autres et enhardit par le vin qu'il avait bu assez copieusement, vint auprès de Catherine, et se permit quelques propos qui lui déplurent ; elle le repoussa honnêtement, en lui faisant sentir, avec sa grace ordinaire, qu'un jeune homme devait toujours se tenir dans les bornes de la modération, lorsqu'il s'adressait sur-tout à une personne qu'il voyait pour la première fois. La douceur et l'amabilité dont elle accompagna ce léger reproche, loin de révolter l'amour - propre de ce jeune garçon, lui inspira une espèce de vénération pour celle qu'il regardait, pour ainsi dire, comme une divinité.

On allait enfin se lever de table pour aller danser à une espèce de guinguette qui était à l'extrémité du village, lorsque M. Désaulnais entra. — Eh ! bien, père Thomas, dit-il en s'adressant au cousin de madame Savonnet, (n'ayant pas eu la curiosité de jeter un coup-d'œil sur le reste des convives), vous voilà en bonne disposition ; je viens vous prévenir que sous trois jours je pars pour Paris, et qu'il est urgent de signer le bail de ma petite ferme. — Je me proposais, M. de passer chez vous demain ; voulez-vous accepter un verre de vin. — Volontiers, mon ami. — Prenez la peine de vous asseoir. En s'asseyant M. Désaulnais apperçut madame Savonnet avec sa fille. Son étonnement fut à son comble ; il quitta aussitôt sa place pour aller s'asseoir auprès de Catherine. L'arrivée imprévue de M. Désaulnais avait jeté dans l'ame de la fille de madame Savonnet, une surprise mêlée de joie, qui se manifesta par une rougeur aimable qui colora son visage ; des yeux plus clairvoyans que ceux de la société auraient pu lire dans les regards de Catherine, que le convive le plus désiré était celui qui avait été le moins attendu.

Après les civilités d'usage, M. Désaulnais se tournant du côté de ma-

dame Savonnet, lui dit: Il faut avouer,
madame, que votre fille est charmante ; son ame est encore plus belle
que sa figure ; j'ai appris dernièrement
des actions qui honoreraient les personnes les plus élevées en dignité ;
savez-vous, messieurs, que mademoiselle Savonnet.... — M. , je vous
prie en grace, répliqua Catherine en
lui coupant la parole, de garder le
silence sur des choses qui n'en valent
pas la peine ; vous m'obligerez sensiblement. — J'y consens, mais à une
condition, qu'avec la permission de
madame votre mère, je vous embras-
serai. — Je l'accorde, répliqua madame Savonnet. Et M. Désaulnais
de lui donner deux baisers , qui, en
augmentant sa rougeur, animèrent sa
beauté d'un plus grand éclat et d'un
coloris plus vif.

L'heure de la danse était arrivée ;

on en instruisit M. Desaulnais qui déclara qu'il voulait être de la partie, et qu'il se proposait d'être le cavalier de Catherine. Elle aurait bien voulu s'y opposer ; les sages conseils de madame de Florincourt lui revenant à l'esprit, élevèrent dans son ame quelques légers remords qui l'embarrassaient, et troublaient le plaisir que la présence de M. Desaulnais lui avait inspiré ; mais il fallut obéir aux ordres de sa mère, et elle accepta son bras.

Toute la compagnie se mit en marche. M. Désaulnais prit un peu les devants avec Catherine, pour pouvoir lui parler plus à l'aise. Voici le dialogue qu'ils tinrent jusqu'à leur entrée dans le bal.

M. DESAULNAIS.

Que je suis charmé, belle Cathe-

5

rine, de vous parler à cœur ouvert.
Je vous aime avec idolâtrie, vous
devez le savoir, et j'ignore si je suis
payé de retour.

CATHERINE.

M. je n'ai pas sujet de vous hair;
et je l'aurais dû, du moment où vous
avez eu l'indiscrétion de m'écrire;
une jeune fille comme moi doit assez
se respecter pour ne point donner
prise sur elle par une conduite dont
souvent son cœur est innocent; mais
si vous avez commis une indiscrétion,
et je dis plus une faute, je l'ai pour
ainsi dire égalée par mon imprudence,
en recevant votre lettre.

M. DESAULNAIS.

Et quel grand mal y a-t-il à recevoir
une lettre qu'on vous adresse ?

CATHERINE.

Celui de faire soupçonner son honnêteté et sa conduite.

M. DESAULNAIS.

Ma lettre était conçue en des termes
qui ne devaient point allarmer votre
pudeur.

CATHERINE.

J'en doute, monsieur ; ce n'est
point par une lettre clandestine qu'on
prouve la pureté de ses sentimens ;
je vous dirai encore plus, j'ai commis
une faute, en osant en en dérober le
contenu à ma mère ; mais je l'ai fait
par égard pour vous, et pour moi,
tout ensemble.

M. DESAULNAIS.

Mais pourquoi l'avoir montrée à madame de Florincourt?

CATHERINE.

C'était pour soulager mon cœur ; je sentais intérieurement que j'avais mal fait, et c'était pour me délivrer d'une inquiétude sans cesse renaissante, que j'en ai fait l'aveu à madame de Florincourt.

M. DESAULNAIS.

Brisons sur cet article, et permettez moi de vous parler de mon amour, que rien ne pourra me faire oublier; de votre beauté, de vos charmes séduisans, et sur-tout de ces talens enchanteurs que vous possédez, et qui ont décidé du sort de ma vie.

CATHERINE.

Ah! si tout ce que vous me dites
était vrai!..

M. DESAULNAIS.

De grace, belle Catherine, croyez-
le, c'est la vérité pure.

CATHERINE.

Un obstacle insurmontable s'op-
posera toujours à notre réunion.
Vous êtes riche, vous avez de la
naissance, et moi je ne suis qu'une
blanchisseuse...

M. DESAULNAIS.

L'amour égalise et confond tous

les rangs ; l'amour fait taire tous
les préjugés, et quand on s'aime
bien...

CATHERINE.

Monsieur, vous ne m'entendez
pas, je le vois bien ; tâchez d'étouffer
un amour, qui en faisant mon malheur, tromperait vos vœux et vos
désirs.

En cet instant, on arriva au lieu
du rendez-vous ; le bal était déjà en
train, plusieurs bourgeois de Paris y
circulaient avec leur famille. Dans
ces jours de fête, la bourgeoisie pari-
sienne déroge volontiers à son éti-
quette ; les jeunes gens de la ville
dansaient avec les jolies villageoises,
et la plûpart des demoiselles avaient
pour cavaliers les petits-maîtres du
village. M. Désaulnais attendit avec

impatience la fin de la contredanse,
pour en commencer une avec la belle
Catherine. L'amant de Mlle. Savonnet dansait très bien ; Catherine
était regardée dans Neuilly comme
plus belle et la meilleure danseuse.

La contredanse finie, on en forma
une autre où nos deux amans prirent
place. La grâce et l'élégance qu'ils dé-
ployèrent en dansant, attirèrent les
regards de tous les spectateurs ; jamais on n'avait vu un couple si bien
assorti. Catherine se surpassa ; ses
mouvemens étaient si gracieux et si
légers, qu'elle semblait à peine toucher la terre; l'agitation de la danse
avait animé ses yeux, ainsi que le
doux incarnat de ses joues, et répandu sur toute sa personne un charme
si attrayant, qu'il n'était guère possible de la voir sans l'admirer et sans
l'aimer.

On se retira enfin, parce qu'en ce
monde tout à un terme; nos peines e‹
nos plaisirs sont bornés, ainsi que
notre frêle existence; vainement vou‹r
drions-nous échapper à cette alterna--
tive de biens et de maux qui se suc--
cèdent avec la rapidité de l'éclair : un
destin plus fort que tous les calculs a
humains, nous y soumet impérieu--
rieusement, et ne nous laisse pas a
même le pouvoir de la diriger à notre
gré.

M. Désaulnais offrit son bras pour
reconduire Catherine à Neuilly; elle
le refusa poliment; ses lèvres disaient
non, tandis que son cœur disait oui ;
elle l'aurait accepté avec bien du plaisir, mais que dira madame de Florincourt?.... heureusement madame
Savonnet l'exigea : on ne peut guère
désobéir à une mère qui nous com-

mande quelque chose, qui à son insçu, favorise les inclinations de notre cœur.

M. Désaulnais était dans un tel enchantement, qu'il avait oublié entièrement Thomas, le bail, la ferme et le notaire. On avait du plaisir à reconduire Catherine chez elle, mais Mad. Savonnet, qui tenait un des bras de M. Désaulnais, diminua beaucoup la jouissance qu'on s'était promise de renouer la conversation qui avait été interrompue si brusquement à l'entrée du bal.

M. Désaulnais, qui tenait le bras gauche de Catherine, à défaut de s'exprimer comme il l'aurait désiré, le serrait si vivement contre son cœur; celle-ci voulait toujours le retirer, mais c'était si faiblement, qu'il était aisé de démêler que cette nouvelle manière de parler était aussi éloquente et peut-être même plus agréable que la première. On arriva enfin au domicile de madame Savonnet, M. Désaulnais embrassa la mère et la fille, et se retira.

CHAPITRE IX.

Presque toujours la peine suit le plaisir. Nouvelles contrariétés ; nouveaux obstacles.

———

Dès que madame Savonnet et sa fille furent rentrées à la maison, elles s'occupèrent à se déshabiller, et à récapituler avec délices tous les agrémens et les plaisirs de la journée. Madame Savonnet sur-tout était inépuisable dans ses discours; elle trouvrait M. Désaulnais charmant; Catherine le pensait bien, mais n'osait le dire. Après avoir longuement commenté les moindres détails des amu-

semens qu'elles avaient eûs à Courbevoie, elles allèrent enfin se coucher.
Madame Savonnet fatiguée des plaisirs de la fête, et sur-tout d'avoir
beaucoup parlé, s'endormit en moins
d'une minute. Il n'en fut pas de même
de Catherine ; l'admiration qu'elle
avait excitée chez son cousin et dans
le bal, l'arrivée inattendue de monsieur Désaulnais, les entretiens qu'ils
avaient eûs ensemble, la déclaration
d'amour qu'il lui avait faite, tout con-
tribua à prolonger son insomnie ; mais
le plaisir qu'elle prenait à revenir sur
des idees qui flattaient tout-à-la-fois
son amour et amour-propre, était
troublé par l'idée des reproches que
lui ferait nécessairement Mad. de Florincourt ; elle cherchait en elle-même
les moyens de les atténuer ; oubliant
bientôt et madame de Florincourt et
tout ce qui pouvait contrarier les

mouvemens passionnés de son cœur,
elle se créait des illusions qui n'avaient
de réalité que dans son imagination, et qui s'évanouissaient à mesure
qu'elle voulait les étendre et les em-
bellir de tous les charmes d'un avenir
heureux, dont elle anticipait par la
pensée les premiers instans.

Dans une ame bien née, la passion
peut quelque fois se faire entendre;
mais ses cris sont bientôt étouffés par
cette voix secrette de l'ame, qui, en nous
montrant les bords de l'abîme, nous
rappelle à nos devoirs, et nous force,
pour ainsi dire, de nous éloigner du
précipice qui va s'ouvrir sous nos pas.
L'esprit de Catherine, agité par mille
pensées différentes qui, en se succé-
dant avec la rapidité de l'éclair, se
détruisaient alternativement, retra-
çait une image fidèle des combats de
la passion et de la raison, combats dont

l'issue est presque toujours en faveur de cette dernière, quand le cœur où ils ont lieu, est armé des principes d'une morale sévère, et d'une excellente éducation.

Au milieu des mouvemens contraires et sans cesse renaissans qui bouleversaient son ame, le sommeil vint fermer sa paupière; un songe enchanteur lui retraça tous les plaisirs de la veille, plaisirs d'autant plus délicieux qu'ils n'étaient altérés par aucune idée qui put en affaiblir la jouissance. Catherine alors voyait, écoutait monsieur Désaulnais, qui lui prodiguait les témoignages les plus éclatans et les plus sincères de son amour; l'aurore vint dissiper toutes ces illusions, et Catherine, en s'éveillant, regretta les erreurs voluptueuses d'un songe.

Après avoir vaqué aux opérations de la journée, Catherine, suivant son usage, alla chez madame de Florincourt ; cette dame, d'un air très-amical, lui demanda si elle s'était bien amusée à la fête.

Catherine. Oui, madame.

Mad. de Florincourt. Rien n'a manqué à l'agrément que vous vous étiez promis, on peut même dire que le plaisir a été plus vif par l'arrivée d'un convive que vous n'attendiez pas.

Catherine. M. Désaulnais.....

Mad. de Florincourt. Écoutez, Catherine, une faute presque toujours en entraîne une autre. Le secret de la lettre de monsieur Désaulnais que vous avez dérobé à votre mère, et que moi-même j'ai approuvé très-imprudemment, vous a mis dans la

nécessité de lui parler, de vous pro-
mener avec lui, de figurer ensemble
dans un bal public, et même d'être
embrassée de lui; circonstances qui
doivent favoriser la passion de monsieur Désaulnais, et lui inspirer l'espoir de parvenir à son but; et qu'avez-
vous fait dans cette occasion ? Vous
vous êtes prêtée à tout avec la plus
grande facilité, et vous ne pouviez faire
autrement; mais que voulez-vous qu'il
pense de vous, que dira le public,
naturellement enclin à croire plutôt
le mal que le bien, il publiera que
monsieur Désaulnais est aimé de
vous, que vous avez franchi les bornes
que vous imposait la pudeur, et que
vous n'êtes plus digne de son estime...

Catherine. Mais, madame, c'est le
hazard qui a arrangé tout cela.

Mad. de Florincourt. Je le présume ; mais le public ne croit pas à ces hazards , et vous fera porter , par son mépris , la peine d'une faute involontaire , qui n'aurait pas eu lieu sans votre première imprudence.

Catherine. Et comment, madame, réparer tant de mal ?

Mad. de Florincourt. Le moyen n'est pas facile ; pour vous mettre à l'abri de tout reproche , je crois que vous devez, plutôt que plus tard, dévoiler à madame votre mère le secret de la lettre.

Catherine. Jamais je ne l'oserai.

Mad. de Florincourt. Quand on a commis une faute , on doit tout oser pour l'effacer : le moindre délai ne sert qu'à l'aggraver.... Mais puisque vous répugnez à lui faire cette confidence , je l'en instruirai moi-même,

5 *

et je tâcherai d'arranger les choses pour le mieux.

Catherine. Ah! madame, le service que vous allez me rendre est au-delà des bornes de ma reconnaissance; mais vous êtes si accoutumée à faire le bien, que...

Mad. de Florincourt. Je n'aime point les éloges, Catherine, ils touchent presque toujours à la flatterie. Demain, vous pourrez dire à votre mère que je l'attends pour lui confier quelque chose qu'il serait dangereux qu'elle ignorât plus long-tems.

Catherine, de retour à la maison, s'acquitta de la commission dont elle était chargée. Mad. Savonnet se rendit le lendemain chez madame de Florincourt. Cette dame, après l'avoir instruite des prétentions de M. Désaulnais, l'engagea à garder le plus profond silence sur ce commencement d'intrigue, dont la connaissance dans le public jetterait une espèce de défaveur non-seulement sur sa fille, mais encore sur elle-même.

Madame Savonnet n'avait encore pu placer un seul mot, malgré l'extrême envie qu'elle en avait eu, parce que madame de Florincourt avait eu le bon esprit de précipiter sa narration sans s'interrompre. Mais comme il y a une fin à tout, madame de Florincourt cessa de parler, et madame Savonnet de reprendre la parole avec une volubilité presqu'incroyable.

« Je me doutais, dit-elle, qu'il y
» avait quelque chose entre M. Dé-
» saulnais et ma fille ; j'y ai même
» pensé cette nuit. Ah! mon Dieu!
» que les hommes sont trompeurs,

» Qui aurait dit qu'un monsieur qui
» prraissait si honnête, ne cherchait
» qu'à suborner ma fille. Nous avons
» de l'honneur, Dieu merci, et je
» n'ai pas envie de l'exposer pour les
» beaux yeux de ce mirliflor de la
» ville. Croyez-moi, Mad. de Florin-
» court, sans vous, j'irais chez M. Dé-
» saulnais, et je lui laverais la tête
» Mais comme vous dites si bien, il
» vaut mieux se taire que de trop par-
» ler. Certainement, on ne me pren-
» dra pas pour une bavarde; la langue
» n'est pas mon défaut. Défunt mon
» mari me le disait tous les jours :
» Françoise, me répétait-il, tu es
» trop silencieuse, çà fait tort dans le
» public : on te prend pour sournoise
» et çà n'est pas bien. Ce pauvre cher
» homme me donnait de bons con-
» seils; mais il avait beau faire, je

» n'ai jamais pu me résoudre à faire
» comme ma commère Marie-Jeanne,
» qui parlerait un jour sans cracher,
» aussi ne crache-t-elle jamais, et
» mal lui prend, parce que personne
» ne veut aller avec elle; car vous
» avourez, madame, que c'est une
» chose contraire à tout, de vouloir
» causer à tort et à travers. Dieu
» merci, on ne me taxera pas d'être
» une mille langues, et vous le voyez
» vous-même; ce n'est pas pour me
» donner des éloges, mais toujours
» est-il bon de le dire; et puis ce
» ce vieux proverbe : trop gratter
» cuit, trop parler nuit; laissez faire;
» Madame, je vais veiller d'une rude
» manière sur ma fille, elle est bonne
» mais encore faut-il être sage; je ne
» lui en veux pas ; la pauvre petite
» à son cœur, et qui à un cœur, n'en

» est pas toujours le maître : que
» monsieur Désaulnais vienne, c'est
» moi qui l'attends, je lui en dirai
» de toutes les couleurs... » En cet
instant la bonne femme se moueha ;
Mad. de Florincourt saisit ce léger
intervalle de silence pour lui dire
qu'elle allait sortir, en lui recom-
mandant de suivre à la lettre ses derniers avis.

Madame Savonnet en rentrant chez
elle, commença un monologue qui
dura près de trois-quarts d'heure ; il
ne cessa que parce que la salive ne
venait plus assez en abondance pour
faciliter les jeux rapides de la langue
et des lèvres, et en humecter les pa-
pilles desséchées. Catherine n'avait
pas soufflé le mot, et c'est ce qui
avait le plus désolé madame Savonnet, qui aurait desiré qu'elle eût placé

une seule parole de tems à autre,
comme un oui ou un non, mais pas
davantage, pour avoir un nouveau
texte aux diverses parties de sa narration.

———

CHAPITRE X.

Fête de village. L'amour s'y glisse furtivement. Dialogue intéressant entre deux amans.

Cependant M. Desaulnais se préparait à quitter Neuilly pour retourner à Paris avec sa mère et sa sœur ; mais il desirait auparavant revoir Catherine ; l'espèce de connaissance qu'il avait commencée de faire avec la mère et la fille, pouvait lui fournir un prétexte de leur aller faire ses adieux; il en usa en jeune homme qui sait tirer parti du tems et des circonstances.

L'accueil froid qu'on lui fit en entrant, réfroidit un peu cette présomption de la jeunesse qui ne doute de rien , et qui prend souvent la témérité pour une sage hardiesse. Il ne se rebuta pas pour cela ; il ouvrit la conversation par les lieux communs qu'on débite ordinairement lorsqu'on est un peu embarrassé de sa personne ; il parla ensuite des plaisirs de la fête de Courbevoie , on lui répondit par des oui et des non bien secs, ce qui le déconcerta encore davantage , ce n'était pas que Mad. Savonnet n'eut bien pu lui répondre, elle sentait même une démangeaison presqu'irresistible d'allonger ses monosyllabes ; mais les conseils de madame de Florincourt qui s'étaient gravés dans sa mémoire , arrêtèrent comme par miracle le flux de paroles qui semblait l'étouffer.

M. Désaulnais s'apperçut alors que

6

madame de Florincourt avait été instruite de tout, et que cette froideur
à laquelle il ne devait pas s'attendre,
était son ouvrage. En homme bien appris, il crut qu'il n'avait rien de mieux
à faire que de prendre congé de la société, mais avant de s'échapper, il
voulut laisser encore à Catherine un
souvenir.

Mademoiselle, dit-il, vous vous
acquittez si bien du ministère bien-
faisant de M. le curé, que je vous regarde aujourd'hui comme son vicaire,
permettez-moi de vous remettre ces
douze louis pour les distribuer aux
infortunés que vous avez pris sous
votre protection; consolés et secou-
rus par un ange, le bienfait aura un
double mérite. — Monsieur, répondit Catherine, doit-on craindre de
faire le bien par soi-même? Accordez
à ces infortunés le plaisir si touchant

de voir leur bienfaiteur; il est si doux
d'entendre le concert des louanges
du pauvre, et les expressions si vives
de sa reconnaissance, que je suis surprise que vous vouliez vous dérober
à une jouissance aussi délicieuse et
aussi pure. — Mais mademoiselle, je
ne ne les connais pas, je ne sais pas
même leur demeure. — Il est facile
de vous l'apprendre. — Vous ne voulez donc pas vous charger de remplir
une mission que vous avez déjà si bien
commencée. — Non, monsieur, je
ne le puis, vous devez le sentir vous-
même, et il serait superflu d'en dire
les raisons ; M. le curé saisira avec
empressement l'occasion d'être le canal de vos graces et de votre bienfaisance, et lui seul peut placer d'une
manière satisfaisante ce que vous don-
nez avec tant de générosité et de dé-
sintéressement. Madame Savonnet

écoutait sa fille la bouche béante, et tout en l'admirant, cherchait à concevoir comment elle avait pu avoir une fille si spirituelle.

M. Désaulnais, voyant toutes ses tentatives infructueuses, prit le parti de se retirer; mais il emportait avec lui le trait dont son cœur avait été blessé; la sagesse avec laquelle lui avait parlé Catherine, sa beauté, sa voix si douce et si tendre, et sur-tout ce charme inexprimable répandu sur toute sa personne, en augmentant sa passion, lui donnaient les plus vifs regrets de ne pouvoir posséder une personne qui, quoique d'une basse extraction, réunissait à tous les attraits de son sexe, ceux encore plus puissans de la vertu.

Catherine s'était fait violence pour prendre cet air froid que repoussait son cœur; il est si cruel d'affliger *ce*

qu'on aime, qu'elle se reprochait par
intervalles, d'avoir suivi les conseils
de madame de Florincourt; hélas! se
disait-elle en elle-même, il me croit
insensible : comme il est dans l'erreur!
S'il pouvait lire dans mon ame un seul
instant!.... Mais il est parti, peut-être
ne le reverrais-je jamais; si du moins
j'avais pu lui dévoiler mes plus se-
crètes pensées... Mais, non.. il en aurait peut-être abusé! Cruelle incertitude pire que le mal lui-même.... Je
n'en aimerai jamais un autre comme
je l'aurais aimé....

Lorsqu'il fût sorti, madame Savonnet dit à sa fille : il n'est pourtant pas
si diable qu'on le dit; je le vois, il
t'aime bien, mon enfant, voilà du
bois dont il te faudrait un mari; mais
il faut que tu y renonces; ne vas pas
te mettre dans la tête une amourette
qui ne me plairait pas.... Madame de

Florincourt entra en ce moment, elle lui détailla aussitôt, et sans perdre haleine, tout ce qui s'était passé avec M. Désaulnais qui venait de sortir; madame Savonnet voulut répéter tout ce que sa fille avait dit, mais il lui fut impossible de le dire comme elle l'avait énoncé; bref, elle s'embrouilla, mais elle n'en perdit pas pour cela l'usage de la parole; au reste, ajouta-t-elle, Catherine a dit des choses superbes; ce monsieur en était confus; il a bien vu qu'il n'avait pas affaire à une de ces grisettes qu'on amadoue avec des paroles; ma fille lui a paru un ange. Il l'a dit, et il en est persuadé, oui, madame, ne me parlez pas de ces filles qui n'ont point reçu d'éducation; ça n'est bon à rien qu'à faire des sottises; mon mari de défunte mémoire, savait bien cela, il me disait un jour.... — Madame Savonnet, lui répartit madame de Florincourt, laissons là les morts. Je suis charmée que Catherine ait suivi mes conseils ; mais ce n'est pas tout d'avoir bien fait, il faut encore y persévérer ; monsieur Désaulnais reviendra peut-être à la charge, il usera même de quelque stratagême pour arriver à son but ; c'est à vous d'y veiller et de déconcerter ses mesures. Madame Savonnet s'apprêtait à répondre, et la réponse eut été peut-être un peu longue ; aussi madame de Florincourt la prévint, en leur souhaitant le bon-soir.

CHAPITRE XI.

Changement de Personnages. Scène de guinguette. Son résultat. Nouvel acte de bienfaisance.

Tandis que M. Désaulnais prenait la route de Paris, que madame de Florincourt en était satisfaite, et que Catherine en était désolée, il se passait au Gros-Caillou une scène tout à-la-fois curieuse et divertissante. Le Lovelace de la Grenouillère, Pierre-Eustache La Ramée, était dans un cabaret à vanter à ses compagnons de table ses bonnes fortunes et ses roueries; selon lui, aucune fille n'avait pu

résister à ses séductions , et il se flattait d'emporter d'assaut la vertu des
plus opiniâtres ; ce n'est pas pour m'en
faire gloire, dit-il , mais toute la Grenouillère est témoin que je suis un
fier luron qui en détache de la bonne
manière. La petite fille à Nicolas,
notre voisin, qui faisait tant sa petite
mijaurée voulait m'en donner à re-
tordre ; dame, ce n'était ni plus ni
moins qu'un démon de vertu ; eh !
bien , il a fallu qu'elle en rabattit , si
bien qu'elle voudrait encore m'aimer;
mais c'est fini , les oiseaux sont déni-
chés; il ferait beau voir Pierre-Eustache La Ramée soupirer comme une
cornemuse , et passer son tems dans
des valiscences d'amour.

Pierre-Eustache se tut pour avaler
son verre de vin; le fils de Jérôme, le
batelier, qui était à côté de lui, piqué
de ses vanteries, reprit la parole, et

dit : « Tiens Pierre-Eustache, tu es un brave garçon , tout le monde le sait ; mais il m'est avis que tu n'es pas encore au bout de ce que tu sais ; tu connais la fille à défunt Jacques Savonnet , de Neuilly. — Oui, je l'ons vu plusieurs fois. — Eh ! bien , c'est un beau brin de femme. — C'est vrai. — Ça a des noyaux , et ça reçu une inducation aux oiseaux ; ça vous pince du..... dis donc Eustache. — Je savons ce que tu veux dire, elle joue avec ses doigts du..... du..... rorte-tiano. — C'est ça, elle vous danse le passe-pied, tout ainsi que les actrices de l'opéra , mais c'est une fille fièrement sage , ça vous rebrousse les hommes ni plus ni moins que si c'était des chiens ; il y a quatre jours que je la priai pour la danse , à Courbevoie ; elle ne me regardit pas tant seulement , et se tournait du côté d'un petit gringalet de Paris,

qui lui faisait des cajoleries ; les garçons de Neuilly disent que c'est une
méprisante; c'est à toi Pierre-Eustache
à venger notre secque ; si tant est que
tu as le fil. — Laisse-moi faire Jérôme,
j'ons un dessein en tête, tu sais en fait
d'écriture, comme je vous en coule.
Eh ! ben, je veux dès demain lui dé-
rouiller une lettre qui ne sera pas d'un
nigaud, et je sommes bien surs que
la petite fille y taupera. Je veux que
ce litre me serve de poison, si tu n'entends parler de moi.

Pierre-Eustache termina son discours par plusieurs rasades ; ensuite
il demanda de l'encre et du papier au
marchand de vin, et traça la lettre
suivante :

Man'selle ,

« J'ai eu la valiscence de l'honneur

» de voir le charme de vos appas, à
» la fête de Courbevoie, où vous dan-
» sâtes le chassé avec le menuet, ça
» fait que depuis ce maudit jour, je
» n'ai pu fermer les quinquets, et que
» la mélancolie du désespoir a tapé
» dur sur mon cœur dans la débine.
» J'ons tant d'amour, que si vous
» n'avez pas dans votre tête des es-
» crupules, je serais le gueurnouilleux
» le mieux calé en affections. Il m'est
» avis que vous ne devez pas avoir de
» doutance de la passion que j'ai à
» votre endroit, si ben que si je n'ai
» pas une belle réponse, au désir de
» mon espérance, je ferai un coup
» de ma tête, en me jettant de dessus
» mon bachot dans la rivière.

» Tenez, man'selle, il faut que je
» vous pousse une déclaration en ma-
» nière d'amour. Je dis que la flamme
» de vos yeux noirs a tellement ma-

» nigancé mon cœur que je ne sais
» plus ou j'en suis, à telle fin que je
» ne chique plus les vivres, ni ne
» pompe les huiles, depuis l'honneur
» de votre vue, je dis que j'en tiens
» ferme, et que vous entendrez parlez
» de moi, si le désir que j'ai de votre
» connaissance, s'éclisse dans les
» tourmens de votre absence.

    » Parlez, man'selle, je suis tout
» déconfituré dans l'espérance de la
» réponse que j'attends de votre bien-
» séance, qui ne doit pas tarder, vu
» que je suis le grenouilleux qui est
» le plus reconnaissant de votre mé-
» rite avec lequel je suis,

     Pierre-Eustache LA RAMÉE.

Tiens, Jérôme, lis l'écriture de
cette lettre, où-ce que j'ons délibéré
le sentiment ni plus ni moins qu'un

roman... Ah! dam, c'est ben tapé. On a ben raison de dire que ceux qui ont l'écriture de la plume en main, en rebouisent aux autres.

On but encore un litre de vin, puis on se sépara. Ce n'était pas tout d'avoir écrit la lettre, il fallait la remettre à la personne pour qui elle était destinée. Un petit garçon qu'il endoctrina fut le commissionnaire de notre Lovelace, qui, par mal adresse, remit à madame Savonnet la lettre pour Catherine : elle l'ouvrit, et après avoir lue, elle fit ce petit monologue.

M. Eustache-Pierre la Ramée peut bien rester à la Grenouillière, je n'ai que faire de lui et de son amour; c'est un drôle bien peigné pour en conter à ma famille; il faudrait beau voir Catherine avec un grenouilleux qui n'a pour tout bien que sa personne

et son bachot; il n'a qu'à venir à la
maison, comme je lui en dirai de
belles et bonnes, sans compter le sur-
plus; ce faraud avec son catogan pou-
dreux et sa canne de jeais, voudrait
emberguiner ma fille; c'est pour lui
que je l'y donnons de l'inducation
comme une fille de bourgeois, je
l'attends, et je lui en dirai tant, qu'il
n'aura pas le désir d'écrire des lettres
en manière d'amour...

Catherine entra en cet instant.
Tiens ma fille, lui dit-elle, tu connais ce grenouilleux de Pierre-Eustache, ne veut-il pas te conter des
douceurs... lis son écriture; je veux
aller montrer sa lettre à madame de
Florincourt, qu'en penses-tu? oui, j'y
vais tout de suite.

Sans attendre la réponse de Catherine, madame Savonnet sortit et alla
trouver madame de Florincourt. Lisez

madame, lui dit-elle, en lui présen-
tant la lettre de Pierre-Eustache, ne
v'là-t-il pas encore un insolent qui
veut se frotter à ma fille; laissez-moi
faire, ce grenouilleux parce qu'il a
attrapé quelques filles du Gros-Caillou qui ne valaient pas mienx que
lui, ne voudrait-il pas aussi jeter ses
intentions sur Catherine; ah! madame,
comme les hommes sont faux; défunt
mon mari (que Dieu veuille avoir
son ame), me disait un jour. . — C'est
bon, madame Savonnet, répliqua
madame de Florincourt, s'il vient
chez vous, éconduisez-le honnêtement, mais ne répondez pas. — Lui
répondre (Dieu m'en garde), et s'il
attend une lettre de moi ou de ma
fille, il attendra encore long-tems.
Le pauvre garçon, il a perdu la tête,
on le voit bien, tant pis pour lui : si
l'on a une fille, ce n'est pas pour un

homme tous les jours exposé à mourir de faim où à se noyer.

Madame Savonnet se tut, contre sa louable coutume, parce qu'elle avait cru démêler sur la figure de madame de Florincourt, que trop d'élocution l'ennuyait. Madame, dit-elle en s'en allant, je vous remercie bien de votre avis, j'en vais faire part à Catherine, et lui dire de se comporter en honnête fille. — Ce n'est pas la peine; je suis bien sûre que cette lettre ne lui a fait aucune impression, et la chose s'anéantira d'elle-même.

Plusieurs jours s'écoulèrent sans qu'on entendît parler de Pierre-Eustache; mais un dimanche matin on le vit dans Neuilly. Le soir il se présenta chez madame Savonnet, sous le prétexte d'une commission dont il était chargé par un des cousins de

madame Savonnet. — Tout cela n'est
que des contes; je sais bien pourquoi
vous êtes venu; j'ai lu l'écriture de ta
lettre, et ce n'est pas à moi qu'il faut
en revendre; tu voulais débaucher ma
fille, j'y mettrai bon ordre. — Mais,
madame... — Il n'y a pas de madame
qui tienne. — En tout honneur, et
comme Dieu m'entend, je venions
vous faire des propositions.... — A
moi des propositions, garde-les, je
n'en veux pas. Tu as cru que ma fille
était pour toi : non, non, Eustache
ne le crois pas; tu as commis une imprudence, mais pis voilà tout : ne t'a-
vises plus de revenir chez nous, car je
n'entends pas guaillerie. — Eustache
voulut répliquer. — J'espère que le
charbonnier est maître chez lui, et
que tu n'es pas venu ici pour me faire
des commandemens. Notre Lovelace
voyant que tout était inutile, et qu'il

perdrait son tems sans avancer au but, prit le parti de se retirer.

Catherine, pendant cette conversation, dont madame Savonnet avait pour ainsi dire fait toute seule les frais, avait gardé le plus profond silence. Lorsque Eustache fut sorti, elle dit à sa mère : vous avez bien mal mené ce pauvre garçon. — N'aurais-tu pas voulu que je lui étalasse des douceurs. — Non, maman, mais vous auriez pu l'éconduire honnêtement. — On voit bien que tu ne connais pas ces vauriens de la Grenouillère, il faut les mener tambour battant, mèche allumée ; sans cela il serait revenu ici plus de vingt fois ; je ne conçois pas qui a pu lui donner l'audace d'avoir la moindre pensée pour toi. A propos, je viens d'apprendre que madame de Florincourt n'a pas reçu son quartier de rente, il faut que tu lui portes ces douze louis, elle me les rendra quand bon lui semblera, mais j'aimerais mieux qu'elle ne me les rendisse jamais ; je la connais, elle va les refuser, force-là de les prendre, je sais qu'elle en a besoin, et je serais au désespoir qu'un autre eut la gloire de l'obliger ; je sais qu'elle craint un peu ma langue, mais dis-lui, oui, dis-lui que je n'en soufflerai le mot : comme elle te l'a dit vingt fois, un bienfait reproché est une offense, ah ! dieu me garde de l'offenser... vas vîte, Catherine, quand on veut obliger, il faut obliger dans la minute.

Catherine prit les douze louis et sortit. Dans le chemin elle chercha long-tems quel moyen elle employerait pour les présenter, sans formaliser madame de Florincourt ; elle eut beau creuser sa tête, elle trouvait toujours, que de quelque manière qu'elle s'y prit, elle pouvait blesser plus ou moins la délicatesse de cette dame..,

Au milieu de ses réflexions, elle arriva chez madame de Florincourt, oubliant alors tout ce qu'elle avait prémédité de lui dire en offrant ses douze louis, et ne consultant que son cœur : madame, dit-elle, ma mère a appris (car nous sommes les dernières à qui vous vous confiez) que vous n'aviez pas touché votre dernier quartier de rente, et que vous deviez vous trouver un peu dans la gêne ; pour vous donner le tems d'attendre, elle vous prie d'accepter ces douze louis que vous lui rendrez quand vous aurez reçue votre argent, ou plutôt quand bon vous semblera.

Ma fille, répondit madame de Florincourt ; j'accepte volontiers ce que ta mère m'offre de si bon cœur, mais c'est à une condition de le lui rendre dans deux mois. — Ah ! madame, quaud vous voudrez ; il n'y a aucun terme de fixé ; — Je dois le penser ; je ne le recevrais pas sans cela, quoique bien résolue de tenir ma parole. — Ah ! si vous le saviez, madame, ce n'était pas l'argent à donner qui nous embarrassait, mais c'était la manière de vous inviter à le recevoir... — Je reconnais là le cœur de ta mère, et le tien ; promets-moi bien, et fais le promettre à ta mère de n'en jamais parler. — En parler, madame ; ça n'en vaut pas la peine, et quand le service que nous vous rendons serait plus grand, ce serait en détruire tout le mérite. — Dis à ta mère que je suis bien reconnaissante. — Reconnaissante ! ah ! que dites-vous, madame ; certainement ma mère

ne fera jamais tout ce qu'elle doit
pour s'acquitter envers une personne
qui m'a témoigné tant d'amitié, et à
laquelle je suis si redevable pour
tous les soins qu'elle m'a voulu prodiguer...

Catherine lui parla ensuite de la
visite de Pierre-Eustache, de la manière dont sa mère l'avait accueilli, ce
n'était pas la peine, dit madame de
Florincourt, de parler et de crier si
fort ; Eustache n'est pas dangereux
pour toi, ma fille, ce n'est pas M. Désaulnais. Catherine rougit, des larmes
même coulèrent de ses yeux. — Ne
t'offense pas ma fille de ce que je te
dis ; M. Désaulnais est aimable, tu
as dû le trouver tel ; je ne puis rien
préjuger sur ses autres qualités, mais
apprends ce que dans le monde on
entend par un homme aimable : c'est
un homme que personne n'aime, qui

lui-même n'aime que soi et son plaisir, et en fait profession avec impu-
dence, un homme par conséquent
inutile aux autres hommes, qui pèse
à la petite société qu'il tyrannise;
qui est vain, avantageux, méchant
même par principes; un esprit léger
et frivole, qui n'a point de goût décidé, qui n'estime les choses et ne
les recherche jamais pour elles-
mêmes; mais uniquement selon la
considération ou le plaisir qu'il y croit
attaché, et qui fait tout par ostentation; un homme souverainement con-
fiant et dédaigneux, qui méprise tout
et n'estime rien de solide que d'avoir
de bonnes fortunes, ou le don de dire
des riens; qui prétend néanmoins à
tout, et parle de tout sans pudeur;
en un mot, un fat sans vertus, sans
talens et sans goût.

Mais, madame, reprit Catherine;

je présume que M. Désaulnais n'est pas tel que vous venez de dépeindre l'homme aimable. — Je ne le pense pas ; mais dans tous les cas, il faut se mettre en garde contre tous ceux qui peuvent cacher sous un vernis agréable à la vue, tous les vices du cœur.

7

CHAPITRE XII.

Catastrophe inattendue. Discussion intéressante à ce sujet. Plus de peur que de mal.

En rentrant à la maison, Catherine rendit compte à sa mère de sa mission et des choses obligeantes que lui disait madame de Florincourt. — C'est une bien brave femme, répliqua madame Savonnet, mais c'est dommage que ça soit si scrupuleux. — Maman, c'est par excès de délicatesse, et il faut en avoir plus que moins. — Tu as raison, ma fille, mais ce n'est pas le défaut de bien des gens qu'on voit rouler aujourd'hui en carosse....

Ce dialogue fut interrompu par un des voisins qui vint leur confier sous le sceau du secret une nouvelle qui bientôt n'en devait plus être une. — Vous connaissez M. Désaulnais, qui a cette jolie maison au milieu du village, avec ce grand jardin : eh bien, il vient de faire banqueroute.

Mad. Savonnet. Cela n'est pas possible.

Catherine. C'est un faux bruit qu'on fait courir ; on aime toujours mieux croire le mal que le bien.

Le voisin. Je tiens la nouvelle de bonne source.

Catherine. Et qui vous l'a dit ?

Le voisin. Un de ses domestiques, qu'il a renvoyé.

Mad. Savonnet. Les domestiques, mon voisin, sont les plus grands en-

nemis des maîtres. Mon mari, de défunte mémoire...

Catherine, avec vivacité. Un domestique n'est pas une autorité : ils
sont presque tous ingrats et men-
teurs.

Le voisin. Voici comment la chose
est arrivée.

Catherine. M. Désaulnais n'a jamais eu de mauvaises affaires.

Le voisin. Ecoutez donc, mademoiselle; vous me coupez la parole à
chaque instant.

Mad. Savonnet. Tais-toi, Catherine, et laisse parler en liberté le
voisin.

Le voisin. Il faut donc vous dire,
madame Savonnet, que M. Désaulnais était intéressé dans des fournitures à faire au Gouvernement, et
que...

Catherine. Je n'ai jamais entendu
parler de cela.

Le voisin. Permettez, mademoiselle, que je continue...

Mad. Savonnet. Laisse donc parler le voisin. Eh! bien, qu'est-il
arrivé?

Le voisin. M. Désaulnais avait en-
dossé des lettres-de-change pour ces
fournitures. Ceux qui les avaient faites
ont levé le pied; les porteurs de ces
effets sont tombés, comme de raison,
sur M. Désaulnais, qui a jugé à propos
de prendre la fuite, ne voulant pas
être incarcéré.

Catherine. Si cela est, il faut avouer
que c'est bien malheureux.

Mad. Savonnet. Voilà ce que c'est
que d'avoir trop d'ambition. Défunt
mon mari, qui connaissait tout cela,
me disait, un mois avant sa mort,
que...

Catherine. Il ne s'agit pas ici de
ce que disait mon père... Mais, voi-

sin, que sont devenues sa mère et sa sœur ?

Le voisin. On dit qu'elles vont revenir ici, pour y vivre avec plus d'économie, ne leur restant plus rien que cette maison et quelques petites rentes...

Catherine. Mais publie-t-on que monsieur Désaulnais a manqué par mauvaise foi, en s'entendant avec ses associés.

Le voisin. On ne sait pas encore au juste le fond de l'affaire, mais sous quelques jours on y verra plus clair.

Catherine. Sait-on où il est allé ?

Le voisin. Certes, il n'a eu garde de le dire.

Catherine. Il a bien fait.

Le voisin. Voilà ce que c'est que de vouloir tant entreprendre : on finit toujours par se casser le cou.

Catherine. Fallait-il qu'il restât les bras croisés. Quand à moi, je suis persuadée que s'il a failli, c'est par la force des circonstances, et que monsieur Désaulnais est un honnête homme.

Mad. Savonnet. Catherine, je le pense comme toi, il ne faut pas juger sans entendre.

Quand le voisin fut sorti, madame Savonnet et sa fille s'entretinrent encore quelques instans de monsieur Désaulnais ; Catherine alla ensuite chez madame de Florincourt, où la conversation sur monsieur Désaulnais fut reprise et continuée avec intérêt de la part de Catherine, et avec discrétion et prudence de la part de madame de Florincourt; cette dame ajouta ensuite :

« Ma fille, monsieur Désaulnais » est réellement à plaindre, si la

» force des circonstances et la mau-
» vaise foi de ses associés l'ont forcé
» de manquer à ses engagemens ;
» mais quels reproches n'aura-t-il
» pas à se faire, si d'autres motifs
» l'ont déterminé à les violer si ou-
» vertement. A son âge on ne doute
» de rien ; et quelquefois même,
» l'oubli de tous les principes nous
» fait tirer une espèce de gloire de
» ce qui ne devrait être que le comble
» de la honte. Dans l'affaire de mon-
» sieur Désaulnais, toutes les appa-
» rences est son contre lui, le public ne
» cherche rien à approfondir ; il aime
» mieux trouver un coupable, pour
» pouvoir l'immoler sans pitié à son
» amour propre, et satisfaire, pour
« ainsi-dire, cette passion innée de se
» croire meilleur, par le mal qu'il
» peut attribuer à ceux dont il craint
» la supériorité, ou dont il envie les
» richesses. »

Catherine n'osa rien objecter aux assertions de madame de Florincourt, mais son cœur souffrait avec peine de voir, en sa présence, calomnier une personne qui lui était si chère et dont elle cherchait vainement à effacer l'image, et à détruire le souvenir.

———

CHAPITRE XIII.

Nouveaux actes de bienfaisance. Scène attendrissante. L'amour prend quelquefois les traits de l'amitié.

Quelques jours après la conversation qu'eut Catherine avec madame de Florincourt, madame Désaulnais et sa fille, se retirèrent à Neuilly. La considération qui accompagne toujours l'opulence, avait cessé du moment qu'on y avait appris le revers qu'elles venaient d'éprouver; on affectait de les plaindre, mais la pitié que par bienséance on voulait leur prodiguer, était pire que le mépris. Elles

sentirent que la retraite et un éloi-
gnement absolu de la société, étaient
le seul abri qui leur restait, dans
leur adversité, contre l'indifférence et
la légèreté du public, pour qui le
malheur d'autrui est une espèce de
jouissance et la calomnie un besoin.

M. Désaulnais, en les quittant, pour
éviter les poursuites de ses créanciers,
ne leur avait laissé qu'une très-modi-
que somme d'argent. Malgré la plus
stricte économie, elles en virent bientôt la fin. Il fallut alors chercher de
nouvelles ressources : on vendit quelques gros meubles, et même quelques hardes. Malgré les soins qu'elles
prirent pour en dérober la connaissance à leurs voisins, elles ne le purent faire si secrètement qu'il n'en
transpira quelque bruit. Catherine
en fut informée, ainsi que madame de
Florincourt. Cette dame venait de re-

cevoir le quartier de sa rente : après
avoir remis à Catherine le montant
de ce que sa mère lui avait prêté ,
elle se rendit chez madame Désaulnais , et la força à recevoir trois louis.
Vous me les rendrez , madame , dans
un tems plus heureux. Je puis disposer de cette somme , sans me gêner en
rien ; en les plaçant entre vos mains ,
je ne fais qu'une chose que vous feriez
vous - même à mon égard , si j'étais
dans votre position malheureuse.

Madame Désaulnais était confuse
de se voir secourue par une personne
qu'elle connaissait à peine ; elle voulut lui en témoigner sa reconnaissance
par des poroles obligeantes. — Ah !
madame, je le vois, vous voulez vous
acquitter avant même que vous ayez
disposé de ce que j'ai le bonheur de
vous offrir ; c'est le motif qui fait le
prix d'un bienfait, attendez quelque

tems pour légitimer votre reconnaissance.

En achevant ces mots, madame de
Florincourt sortit pour se dérober
aux témoignages de la vive reconnaissance de madame Désaulnais et de sa
fille.

Catherine ayant appris que madame
de Forincourt était allée rendre une
visite à madame Désaulnais, se
douta que ce n'était point une visite
de simple honnêteté, et qu'un acte
de bienfaisance en était le seul motif.
Elle voulut approfondir cette démarche, mais tout se taisait autour d'elle;
cependant quelques mots échappés in-
discrètement à une femme du village,
qui de tems à autre était employée
chez madame Désaulnais à faire le
gros du ménage, réalisèrent ses conjectures; elle sut enfin que madame
de Florincourt l'avait prévenue dans

un devoir dont elle aurait dû s'acquitter la première.

» Vous savez, dit la belle Cathe-
» rine à sa mère, que madame Dé-
» saulnais est dans la dernière dé-
» tresse; que dans son malheur elle
» a été abandonnée de ses amis et
» de ses connaissances, que personne
» enfin ne s'intéresse à elle que ma-
» dame de Florincourt. — Je le crois
» bien. — Cette dame n'est pas dans
» l'aisance, et cependant en me ren-
» dant vos douze louis, elle a retran-
» ché encore trois louis de son quar-
» tier qu'elle a fait accepter à ma-
» dame Désaulnais. — Serait-il pos-
» sible? — Oui, maman.... Si ja-
» mais M. Désaulnais parvient à ré-
» tablir ses affaires, comme il aime-
» ra, comme il estimera madame de
» Florincourt; nous aurions pu une
» seule fois la prévenir dans une

» bonne action , en remettant à ma-
» dame Désaulnais les douze louis
» que vous lui aviez prétés, et qu'elle
» venait de me rendre. — Oui, Ca-
» therine , nous l'aurions dû faire ;
» mais l'occasion en est perdue au-
» jourd'hui. — Comment perdue !
» trois louis sont bientôt dépensés,
» quand on a besoin de tout ; si vous
» vouliez , j'irai leur porter ces cent
» écus qui dorment dans votre ar-
» moire. — Je le veux bien , mais....
» — Mais, soyez sûre , maman , qu'ils
» nous le rendront un jour , et puis
» le plaisir d'obliger est si doux !...
» Eh bien Catherine , fais comme tu
» voudras ; ces douze louis t'appar-
» tiennent , comme tu les aurais eu
» par la suite , tu peux en disposer
» aujourd'hui comme étant ton bien...
» — Ah ! maman , que je vous re-
» mercie, que je vous embrasse... Ah !

» que j'aurai de plaisir à les offrir à
» madame Ðesaulnais! je veux y aller
» tout de suite, il ne doit lui rien
» rester des trois louis de·madame de
» Florincourt, et peut - être cette
» dame et sa fille sont dans le plus
» affreux désespoir »…..

Catherine en achevant ces mots, courut vîte à l'armoire et en tira les cent écus, en moins de six minutes elle fut à la porte de madame Désaulnais. En entrant, elle salua respectueusement cette dame et sa fille ; ma mère, leur dit-elle, vient d'apprendre que vos rentrées avaient manqués ; elle m'a chargé de vous remettre cet argent que vous rendrez dans un meilleur tems. Comme madame Désaulnais paraissait surprise, et n'articulait aucune paroles ; *prenez cet argent,* ajouta Catherine, *c'est le fruit du travail, il vous portera bonheur.*

— Mais, mademoiselle, je ne connais pas votre mère. — Vous la con-
naîtrez un jour. — Je ne puis accepter cet argent ; — Et pourquoi ? —
Parce que je ne suis nullement certaine de pouvoir vous le rendre. —
Eh bien, madame, vous le rendrez
quand vous pourrez. — Mais si jamais
je n'ai ce pouvoir, je vous aurai
privé du fruit de votre travail. —
Nous priver ! Non, madame, vous
ne comptez donc pour rien le plaisir
si délicieux d'obliger une personne
aussi estimable que vous ? — Je ne
puis m'y tromper, mademoiselle,
vous êtes cette jeune personne si
belle et si bonne, dont mon fils nous
parlait tous les jours avec tant de feu
et tant de vivacité.... Catherine rougit
à ces mots, madame Désaulnais reprit : puisque vous voulez absolument

7 *

que j'accepte cet argent, vous le dirai-je, hélas! sans une espèce de honte, je m'y détermine par l'excès du besoin. Vous permettrez, mademoiselle, que je vous en donne une reconnaissance. — Ce n'est point ici, madame une affaire d'intérêt, votre billet détruirait tout le mérite de notre action. — Songez donc que si je venais à mourir, (plut à Dieu que je fusse morte) vous n'auriez aucun recours contre qui que ce soit. — Nous n'en avons pas besoin. — Eulalie, dit madame Désaulnais, en s'adressant à sa fille, vous êtes témoin de la dette que je viens de contracter ; si jamais le sort cessait de te persécuter, si jamais ton frère venait à rétablir ses affaires, que votre premier soin soit d'acquitter la créance de madame Savonnet. Ah! maman, répondit Eulalie, jugez-nous

d'après votre cœur ; soyez certaine
que si jamais nous avons le malheur
de vous perdre avant le temps pres-
crit par la nature, et que la fortune
seconde nos vues, nous en consacre-
rons les premières faveurs à recon-
naître un si grand bienfait ; que pour-
rions-nous faire de mieux pour honorer votre mémoire, et pour rappeler le souvenir d'une mère si chérie, ... des larmes, en achevant ces
mots, innondèrent la paupière d'Eulalie ; madame Désaulnais attendrie
ne put s'empêcher de mêler ses pleurs
à celles de sa fille ; Catherine émue
par un spectacle si touchant, tira son
mouchoir pour essuyer les siennes.

J'espère mademoiselle, dit ensuite
madame Désaulnais à Catherine, que
votre mère et vous, nous procurerez
le plaisir de venir nous visiter ; il

est si doux de voir ses bienfaiteurs !
vous deviendrez l'amie de ma fille ;
elle a besoin d'un cœur comme le
vôtre pour s'épancher. — Ah ! oui ,
madame , je le desire , et je tâcherai de
mériter un titre si cher. — Eulalie
sauta au cou de Catherine ; elles s'embrassèrent avec une effusion de cœur
capable de tirer des larmes de ceux
qui auraient pu être témoins d'un tel
spectacle ; elles se promirent de s'aimer toute la vie , et de vivre comme
deux sœurs.

La joie qu'éprouva Catherine , au
milieu d'une scène si attendrissante ,
ne peut guère se décrire ; ce n'était
point une joie folle qui s'évapore en ris
immodérés et en contorsions ; mais
c'était cette joie douce , quoique vive ,
qui a sa source dans la satisfaction
d'une ame sensible , et dans les tou-

chantes émotions d'un cœur tendre, qui cherche à étendre ses jouissances autour de soi en multipliant ses affections. . .

Ah! maman, s'écria Catherine, en rentrant à la maison, si vous saviez quelle scène touchante vient de se passer chez madame Désaulnais. Les excellens cœurs ; comme elles ont pleuré et moi aussi, j'étais bien contente ; jamais vos douze louis ne m'auraient procuré une jouissance aussi pure et aussi délicieuse que celle que je viens d'éprouver. Si monsieur Désaulnais ressemble à sa sœur, ce doit être un excellent homme. Mademoiselle Eulalie m'a demandé mon amitié ; ah ! comme je vais l'aimer ; il faut que j'aille raconter tout cela à madame de Florincourt ; comme elle en sera charmée. — Ne lui parle pas au moins de l'argent prêté. — Non, maman, non maman, je veux être aussi discrète qu'elle.

Catherine ne fit qu'un saut, pour ainsi dire, de la maison chez madame de Florincourt. — Vous êtes bien gaie, mon amie. — Ah! madame, il y a long-tems que j'ai été aussi heureuse: J'ai vu madame Désaulnais et sa fille. — A quelle occasion, Catherine? — Pour leur offrir de la part de ma mère un léger secours dans leur détresse. — L'ont-elles accepté? — Oui, madame, avec bien de la reconnaissance; mademoiselle Désaulnais m'a embrassée; elle veut être mon amie. — J'en suis enchantée pour vous, ma fille; vous ne pouvez que gagner à fréquenter cette demoiselle; mais l'amitié, Catherine, est un sentiment si pur qu'il ne souffre aucun

alliage ; pour s'aimer, il faut se connaître, il faut avoir approfondi si les
goûts de la personne qui nous plaît,
sont conformes aux nôtres, si son ca-
ractère est égal, si son ame enfin peut
sympatiser avec la nôtre. — Je n'ai
pas fait toutes ces réflexions, madame,
et même je n'en ai pas eu le tems, un
sentiment délicieux et que je ne puis
guère définir, m'a élancé dans ses
bras ; il m'a semblé que j'allais dou-
bler mon existence. — Cela peut être,
mais n'y aurait-il pas dans cette effusion de cœur un intérêt éloigné qui
en diminue le mérite ; monsieur Désaulnais n'entre-t-il pour rien dans
cette liaison qui peut un jour le rap-
procher de vous.

Catherine en rougissant, n'osa répliquer ; elle sentait intérieurement
que madame de Florincourt pouvait

avoir raison, mais elle ne voulait pas
encore se l'avouer à elle-même.
Cette dame, qui vit son embarras,
changea de conversation; Catherine
prit une leçon de forté-piano et se
retira.

CHAPITRE XIV.

Conversations intéressantes. Il est doux d'entendre parler de ce que l'on aime. Motifs d'espérance.

Catherine n'oublia pas d'aller le lendemain chez madame Désaulnais qui la reçut avec les témoignages les moins équivoques de la reconnaissance et de l'amitié ; sa fille était sortie un instant ; elle rentra bientôt ; ces deux amies de la veille , s'embrassèrent comme des amies , qui auraient été éloignées l'une de l'autre pendant plusieurs années ; on se fit ensuite quelques petites confidences ; Mlle. Désaulnais parla de son frère, Catherine écoutait avec une attention où l'on démêlait aisément le plaisir que lui causait une telle conversation, lorsque madame de Florincourt entra ; Catherine courut l'embrasser ; voilà ma seconde mère, dit-elle à mademoiselle Désaulnais ; embrassez - là aussi ma chère amie ; ah ! si vous saviez quelles obligations je lui ai.

Je ne vous ai pas chargée, Catherine, de faire mon panégyrique. — Ah ! madame, laissez-moi donc le plaisir de le dire, puisque ma reconnaissance n'a pas d'autre moyen d'éclater envers vous.

Madame de Florincourt engagea successivement la conversation sur plusieurs sujets, mais tous relatifs à la situation pénible de monsieur Désaulnais, et peu propres à adoucir pour le moment les inquiétudes de l'avenir que cette dame ne pouvait guères fixer d'un œil assuré; encore ajouta-t-elle, si l'on rendait à la vertu la profonde vénération qui lui est due, si on l'aidait à se soutenir, lorsqu'elle est prête à se décourager... Mais non, tous les hommes sont durs et injustes... Il est cependant quelques ames privilégiées, répliqua madame Désaulnais, pour qui la passion d'obliger est un besoin, et qui ne cherchent la récompense d'une bonne action que dans le plaisir seul de l'avoir faite; ah ! combien de fois, madame, vous devez l'avoir éprouvé. — Fort peu ; les circonstances critiques dans lesquelles je me suis presque toujours trouvée dans le cours de ma vie, m'ont souvent empêché de satisfaire un penchant que je regarde comme un des plus beaux attributs d'un cœur sensible. J'avouerai même, à ma honte,

que souvent j'ai été prévenue dans le
bien que je pouvais faire moi-même ;
Catherine que vous voyez ici, m'a
souvent fait rougir en moi-même,
de ma négligence à cet égard. Dernièrement encore.... — C'est hier,
madame, que mademoiselle m'a for-
cée d'accepter de la part de sa mère
une somme assez forte..... Catherine,
dit madame de Florincourt, en se
tournant vers elle, vous ne me l'aviez
pas dit; c'était le cas de me faire cette
confidence; vous m'en faites tant qui
sont si inutiles !... — Je voulais,
madame, imiter votre discrétion....

Quelqu'un qui demandait à parler
à madame Désaulnais, interrompit la
conversation. Il remit à cette dame
une lettre de son fils : à mesure qu'elle
la lisait, on voyait la satisfaction et la
joie se peindre dans tous ses traits.

Cette lettre est trop intéressante

pour que j'en dérobe le contenu à nos meilleures amies ; mon fils qui m'écrit de Lyon, ajouta-t-elle, me fait entrevoir qu'il est sur le point d'arranger ses affaires avec ses créanciers, qui sont pour la plûpart dans cette ville, et que bientôt il espère me revoir et m'embrasser.

Madame de Florincourt la félicita sur cette heureuse nouvelle ; Catherine, dans les traits de laquelle on pouvait aisément lire qu'elle n'en était pas la moins satisfaite, joignit ses félitations à celles de madame de Florincourt ; Eulalie pleurait de joie : elle embrassa plusieurs fois sa mère et Catherine, qui le lui rendit avec usure.

Mad. de Florincourt et son élève, en prenant congé de ces dames, leur promirent de revenir le lendemain.

Mad. Désaulnais fit réponse à la

lettre de son fils. Elle la termina par
ces mots :

« Une dame respectable que tu as
» eu l'honneur de voir plusieurs fois,
» et une jeune fille aussi belle que
» bonne, sont les deux seules per-
» sonnes qui, dans notre infortune,
» nous ont prodigué non-seulement
» le respect et les consolations dus
» au malheur, mais encore les se-
» cours que réclamait notre cruelle
» position ; la jeune fille sur-tout,
» en nous apportant douze louis,
» qu'elle nous força d'accepter, sem-
» blait être la personne obligée, et
» et en fit éclater sa joie par des
» signes non équivoques. Ta sœur lui
» a fait mille amitiés et mille cares-
» ses. Ce sont aujourd'hui deux
» bonnes amies, que l'égalité des
» goûts et la bonté de leurs ames ne

» devraient jamais séparer. J'espère
» que si la fortune un jour cesse de
» nous persécuter, tu acquitteras à-
» la-fois et les dettes du cœur et celles
» de la reconnaissance. »

Madame de Florincourt, suivant la
promesse qu'elle avait faite à madame Désaulnais, se rendit le lendemain chez elle, avec Catherine ; elles furent reçues comme de véritables amies. Eulalie et Mlle. Savonnet, tandis que Mad. Désaulnais s'entretenait séparément avec Mad. de Florincourt sur les affaires de son fils, se faisaient de petites confidences. Entre deux personnes, une confidence presque sans bornes s'établit naturellement ; on se fait part réciproquement de ses pensées et de ses projets ; il n'y a qu'un seul article où l'on garde une discrétion scrupuleuse : c'est celui de l'amour. Eulalie, dont le cœur jus-

qu'à ce jour, avait été exempt de ses
douces atteintes, se livrait sans réserve
à son amie, qui en usait de même, à
l'exception d'un seul point. Quand
Eulalie parlait de son frère, Catherine ne pouvait tellement dissimuler
ses sentimens, qu'on entrevit que ce
chapitre n'était pas pour elle un des
moins intéressans; l'amour, comme
les autres passions de l'ame, se dé-
couvre avec d'autant plus de vitesse,
qu'il fait plus d'efforts pour se cacher.

Mlle. Désaulnais s'apperçut de l'impression qu'elle produisait sur Catherine, toutes les fois que son frère était
le sujet de la conversation; aussi se
plaisait-elle souvent à discuter ce chapitre. Catherine, pour tromper alors
le sentiment qui l'agitait, faisait mille
caresses à Eulalie; en la pressant contre
son cœur, elle ne croyait se livrer
qu'aux douces émotions de l'amitié,

et c'était les mouvemens de l'amour
le plus tendre et le plus vif, qui, pour
se déguiser, avaient pris le voile innocent de l'amitié.

C'était toujours à regret que Catherine quittait Mlle. Désaulnais; mais il
fallait bien accompagner madame de
Florincourt, qui, en sortant, fit encore la promesse à ces dames de revenir dans quelques jours passer la
soirée avec elles.

CHAPITRE XV.

Sacrifices de l'Amour. Inquiétudes nouvelles. Morale hors de propos. Discours inutiles.

Plusieurs partis avantageux s'étaient cependant présentés pour obtenir la main de Catherine , sans pouvoir la décider à faire un choix ; sa mère, qui ne voulait point forcer son inclination , favorisait , en la laissant la maîtresse d'elle-même , le penchant de son cœur; si quelquefois elle voulait l'engager à se déterminer ou pour l'un ou pour l'autre, les objections que sa fille lui faisait alors pour éloigner tout engagement, faisaient évanouir les raisons qu'elle apportait en faveur d'un prompt établissement. Une conversation qu'elle eut avec Mad. de Florincourt, l'ayant convaincue que tant que Catherine nourrirait dans son cœur l'espoir d'épouser M. Désaulnais, tous prétendans seraient éconduits, elle chercha les moyens de lui faire abandonner un projet qui lui paraissait extravagant ; Mad. de Florincourt n'osait trop presser Mlle. Savonnet de se décider ; en la voyant passer dans les bras d'une personne de sa condition, elle voyait en même tems tout le fruit de son éducation absolument perdu. Malgré la sévérité de ses principes, son amour-propre aurait souffert d'une pareille alliance ; aussi le peu de chaleur qu'elle mettait à presser Catherine pour s'établir, faisait

assez présumer qu'elle entrait dans
une partie des vues de sa fille d'a-
doption ; celle-ci le sentait si bien ,
que toutes les fois que sa mère lui
faisait de nouvelles instances de se
décider, elle en appelait à Mad. de
Florincourt, qui ne trouvait pas ,
disait elle , le parti assez avantageux.

Au milieu de ces débats , un vieux
financier, jadis ancien laquais, et dont
tout le mérite extrinsèque et intrin-
sèque consistait dans une fortune immense, vint se mettre sur les rangs ,
ne doutant pas d'obtenir la préfé-
rence. Le parti était du goût de madame Savonnet : elle l'accueillit même
avec empressement ; mais Catherine
refusa net. A son âge on ne calcule
guères ce que vaut l'or, et l'on pré-
fere une douce émotion du cœur aux
trésors du Pérou. Madame de Florincourt fut choisie pour juge du diffé-

rend entre la mère et la fille ; elle pencha en faveur du financier, parce qu'elle savait que l'argent était dans le monde le thermomètre de la consi-dération, et que c'était lui seul qui donnait de la valeur à un individu quelconque, quelques fussent son ex-traction et ses vices ; que sans ce nerf essentiel des affaires on végétait misé-rablement avec tous les talens et toutes les vertus possibles. Catherine, ce-pendant, persista dans son refus ; Mad. de Florincourt n'osa insister ; quant à madame Savonnet elle gron-da, parla beaucoup, et finit par bou-der sa fille.

Mad. Désaulnais ; chez qui Ca-therine alla passer la soirée, ins-truite du refus qu'elle avait fait et des biens et de la personne du fi-nancier, se permit quelques observa-tions à ce sujet ; mademoiselle Savon-

net, toujours inébranlable dans sa résolution, répondit que dans une affaire
où elle était la plus intéressée, on devait lui savoir du moins gré de ma-
nifester son opinion ; qu'elle s'était
fait une telle idée de la sainteté des
devoirs du mariage, qu'elle croirait
se manquer à soi-même, et tromper
pour ainsi dire la foi publique, en
épousant, pour de l'or, un homme
qu'elle n'aimait point et qu'elle n'aimerait jamais.

La résolution de Catherine surprit
madame Désaulnais, mais n'étonna
point Eulalie ; elle croyait avoir dé-
mêlé les sentimens de Catherine pour
son frère ; et son refus pour un engagement qui offrait une perspective
aussi brillante, lui inspirait une espèce de vénération pour une amie,
qui sacrifiait, à un amour pur et dé-
sintéressé, le dons de la fortune et

l'espoir d'un avenir qui ne laissait entrevoir qu'une série sans cesse crois-
sante de plaisirs et de jouissances.

Maman, dit Eulalie à sa mère,
n'admirez-vous pas le désintéresse-
ment de Catherine?

Mad. Désaulnais. Je l'admire,
ma fille, mais je ne l'approuve pas;
à votre âge on ne consulte guères que
son cœur et les chimères de son imagination. L'instant présent est tout
pour une jeune personne, et l'avenir
un point éloigné dont elle dédaigne
de calculer la distance et d'embrasser
les résultats.

Eulalie. Vous ignorez peut-être
le motif secret qui la détermine à
rejeter les offres du financier et les
vœux de tous les autres prétendans.

Mad. Désaulnais. J'oserais soupçonner qu'une inclination secrète....

Eulalie. Pas si secrète qu'on ne puisse s'en appercevoir sans mettre beaucoup son esprit à la torture. . . . elle aime mon frère. . . je crois même qu'ils se sont déjà entretenus ensemble.

Mad. Désaulnais. Cela serait-il possible, Eulalie?

Eulalie. Que trop, maman; Catherine ne me l'a pas dit, mais je l'ai deviné; un cœur comme le sien ne peut guères se déguiser; le secret qu'elle veut garder s'échappe malgré elle, par l'intérêt toujours vif et toujours croissant qu'elle prend à la personne qui lui est chère.

Mad. Désaulnais. Que je serais charmée que tous ses vœux fussent accomplis!.. Quand ton frère parv'endrait même à rétablir ses affaires, crois-tu...

Eulalie. Ah! oui , je crois que dé-
sabusé alors de tous ses faux amis , il
n'hésiterait pas, en acquittant la dette
de la reconnaissance, à satisfaire les
vœux de son cœur et à tenir compte
à Catherine des sacrifices qu'elle lui a
faits... Ah! comme je serais heureuse,
si l'attente répondait à mes désirs!

Mad. Désaulnais. Il ne faut déses-
pérer de rien , mon enfant , et je crois
que ton frère n'oubliera jamais ce
que nous devons à cette charmante
fille.

Eulalie. Oh! non, maman ; je le
pense comme vous , et j'espère qu'en
embrassant un jour Catherine, je ser-
rerai dans mes bras et mon amie et ma
belle-sœur.

Depuis la dernière lettre que madame Désaulnais avait reçu de son

8 *

fils, et qui datait de près d'un mois; elle n'en avait appris aucunes nou-velles. L'inquiétude commença à la tourmenter; son imagination se créait mille chimères, qui lui représentaient son fils en proie à de nouvelles con-testations de la part de ses créanciers, et peut-être à de nouveaux malheurs; elle allait même jusqu'à croire qu'il pouvait avoir perdu sa liberté, et que la prison...

Dans cet instant, madame de Flo-rincourt entra; l'altération qu'elle crut remarquer sur la figure de madame Désaulnais, lui fit présumer que cette dame pouvait avoir reçu des nouvelles peu satisfaisantes de son fils. Elle chercha à la rassurer et à dissiper ses inquiétudes. — Peut-être, lui dit-elle, êtes-vous à la veille de le revoir; se disposant à revenir, il a cru inutile

de vous écrire de nouveau. Le mal
arrive toujours assez tôt, sans vouloir
encore l'anticiper par des souvenirs
fâcheux. De la patience et du courage,
voilà les armes qu'on doit employer
contre les maux, tant physiques que
moraux auxquels nous ne pouvons
souvent échapper, malgré notre pré-
voyance.

La morale est fort bonne, mais de
quoi sert-elle, lorsque notre ame est
dans l'appréhension d'un malheur
que nous croyons sur le point de nous
atteind e ; on a beau nous prodiguer
les consolations, elles ne peuvent rien
dans ces circonstances critiques où les
remèdes qu'on voudrait apporter à
nos maux, ne servent qu'à les aigrir,
loin de les calmer ; le plus sage parti
est de laisser la douleur livrée aux
chimères qu'elle se forge pour se tour-

menter, et attendre du tems et de la patience ce qu'il n'est pas en notre pouvoir de guérir, ni même d'atté-nuer.

CHAPITRE XVI.

La scène change. Evénemens inat-
tendus. L'action iouche à son
dénouement.

Madame de Florincourt avait cessé
de conjecturer et de moraliser, lorsque M. Désaulnais, en entrant, réa-
lisa une partie de ses conjectures ; sa
présence soudaine et inattendue les
frappa d'une telle surprise, qu'elles se
regardèrent toutes trois dans le plus
grand silence, comme pour se demander si elles devaient en croire leurs
yeux, ou si ce n'était pas une espèce
d'apparition miraculeuse. M. Désaul-

nais en jettant au cou de sa mère et de sa sœur, fit bientôt évanouir leur incertitude à cet égard. Mad. Désaulnais, revenue de son étonnement, se livra aux mouvemens de sa joie et de sa tendresse. Pour laisser un libre cours à leurs épanchemens, madame de Florincourt, après avoir félicité M. Désaulnais sur son retour, voulut se retirer; ce n'est pas encore le moment, madame, lui dit-il, et nous ne devons rien avoir de caché pour nos véritables amis. Mais il manque encore ici une personne qui doit nous être bien chère, ajouta-t-il en regardant sa mère et sa sœur.... — Tu la verras bientôt, lui répondit Eulalie, car elle vient régulièrement tous les jours nous rendre visite ; elle est si bonne, Catherine !....

En cet instant, Catherine entra ; la présence de M. Désaulnais, dont elle était si éloignée de soupçonner le prompt retour, lui causa une vive émotion ; une rougeur aimable embellit les traits de sa charmante figure ; ses beaux yeux, qu'elle s'efforça de baisser, se r'ouvrirent bientôt pour laisser échapper la satisfaction et le plaisir qu'elle éprouvait à revoir le seul homme qui était parvenu à toucher son cœur, et pour lequel elle avait sacrifié les dons de la fortune et de la considération. — Ange de vertu, de douceur, s'écria M. Désaulnais, venez recueillir le tribut si justement mérité de l'amour et de la reconnaissance : comment pourrai-je jamais m'acquitter envers vous ?..... Quels reproches n'ai-je pas à me faire pour avoir oublié un instant !.... ah ! ma mère, obtenez mon pardon de mademoiselle Savonnet, je suis indigne d'elle... la fortune m'aveugla un instant; son bandeau, qui vient de tomber me laisse voir aujourd'hui l'absurdité de quelques-uns de nos préjugés.... j'osai avoir la téméraire pensée de calculer de sang-froid le déshonneur de celle qui devait être pour moi une espèce de divinité par ses vertus. ... Si jamais le repentir peut expier... — Qui se repent, reprit madame de Florincourt, cesse alors d'être coupable (1), et si vous avez eu quelques torts, en les réparant vous acquérez un nouveau droit à l'amour de Catherine, et à l'estime générale de tous vos amis.

M. Désaulnais parla ensuite de ses affaires, et assura sa mère, sa sœur et ses amies, que l'arrangement qu'il venait de prendre avec ses créan-

_____

(1) Dieu fit du repentir la vertu des mortels.

ciers, sauvait la plus grande partie de sa fortune ; qu'il renonçait désormais à l'augmenter ; qu'il voulait vivre pour lui, et passer au sein de la tranquillité, en remplissant par les devoirs de la piété filiale et de l'amitié, des jours qu'on ne consacre guères qu'à la futilité et aux inquiétudes ; quant à ma sœur, ajouta-t-il, j'ai un excellent parti à lui proposer, et j'espère qu'elle me saura gré de mon choix.

Eulalie ne répondit rien, mais courut embrasser son amie et son frère.

Quant à moi, reprit M. Désaulnais, madame de Florincourt connaît les sentimens de mon cœur, Catherine ne doit pas les ignorer, il ne me reste qu'à faire des vœux et à espérer... S'approchant ensuite de Catherine, qui avait gardé jusqu'à ce moment le plus profond silence : Mademoiselle, lui dit-il, puis-je me flatter encore de recouvrer votre estime.

Catherine (en rougissant). Monsieur, vous ne l'avez jamais perdue.

M. Désaulnais. L'estime est un sentiment trop froid ; c'est de votre amour dont je voulais parler.

Catherine. De mon amour?...

Mad. Désaulnais. Mon ami, je crois que Catherine, non-seulement t'estime, mais encore qu'elle t'aime ; le véritable amour ne peut guère exister sans ce sentiment.

Eulalie. Oh! oui, maman, elle aime mon frère; elle ne l'a pas dit, mais je l'ai lu dans ses yeux, dans son cœur....

M. Désaulnais. Que répondez-vous, belle Catherine?

Mad. de Florincourt. Catherine ne répondra rien, et même elle n'a rien à répondre.

M. Désaulnais. Mais vous, madame, qui êtes sa confidente et son amie, que direz-vous?

Mad. de Florincourt. Je ne puis rien dire; c'est l'assentiment de madame Savonnet dont vous avez besoin; quant à celui de Catherine, elle ne doit avoir d'autre volonté que celle de sa mère.

M. Désaulnais. Je crois cependant, que dans l'établissement de Catherine, on vous consultera, et qui plus est, l'on suivra vos avis.

Mad. de Florincourt. Si la chose ne dépendait que de moi, soyez persuadé, monsieur, que mon avis serait peut-être celui de Catherine; ma fille, j'espère que vous ne me démentirez pas?

Catherine. Oh! non, madame.

M. Désaulnais. Je puis enfin me flatter de parvenir au but de mes désirs ; ma mère, je crois que vous ne contrariez pas mes vues.

Mad. Désaulnais. Les contrarier, mon fils!... ce serait vouloir s'opposer à ton bonheur, et certes....

Eulalie. Je vais aller chercher madame Savonnet.

M, Désaulnais. Cours vîte, ma sœur, que mon sort soit décidé aujourd'hui ; je dois acquitter tout-à-la-fois les dettes de l'amour, de l'estime ét de la reconnaissance.

En un clin-d'œil Eulalie fut chez madame Savonnet. — Venez, venez, madame, lui dit-elle, on n'attend plus que vous : il faut que vous me suiviez de suite. Mon frère est arrivé, madame de Florincourt et Catherine sont à la maison ; il n'y manque plus que vous pour former une réunion complète de bons amis.

Mad. Savonnet, suivant sa louable

coutume, voulait entamer un petit
monologue; Eulalie ne lui en donna
pas le tems, et la tirant par le bras :
— Avancez donc, madame Savonnet,
mon frère est impatient de vous voir;
il a tant de choses à vous confier!

Mad. Savonnet suivit mademoiselle Désaulnais, mais ce ne fut pas
sans lui faire mille questions aux-
quelles on éluda de répondre. —
Mais, mademoiselle. — Mais, madame. — Mais, mademoiselle, il faut
encore savoir. — Vous le saurez,
madame....

Au milieu de cette petite discussion on arriva chez madame Désaulnais. M. Désaulnais alla au-devant de
madame Savonnet.— Vous arrivez à
propos pour terminer une petite
affaire. — Laquelle. — Vous devez
vous en douter. — Je gage que c'est
pour ma fille. — Oui, madame, et

c'est pour vous demander votre consentement. — Mon consentement! je
le donnerai volontiers; qu'en pensez-
vous, madame de Florincourt? —
Je présume que M. Désaulnais ne
peut que rendre votre fille heureuse;
il l'aime. — Et il n'est pas indifférent
à ma fille. — Les affaires de monsieur
sont à-peu-près terminées, et Catherine ne peut entrevoir qu'une longue
perspective de bonheur.

Mademoiselle Savonnet, pendant
ce colloque, avait gardé le plus profond silence; mais on lisait, dans ses
regards, la joie la plus vive, tempérée
par cette pudeur virginale qui sied
si bien à une jeune fille.

Dans toute cette affaire, ajouta
madame de Florincourt, on a oublié
de consulter celle qui y ait la plus intéressée; ma fille, j'espère que vous
ne contredirez pas votre mère. —

Non, madame je sais trop que je dois suivre ses avis. — Vous ne l'avez pas toujours fait. — Cela est vrai ; mais les tems sont changés. — Embrassez votre sœur et votre amie. Eulalie serra Catherine contre son cœur ; elles se prodiguèrent les plus douces caresses. — Mon frère, dit Eulalie, yons n'embrassez pas votre future.... M. Désaulnais, en s'avançant vers mademoiselle Savonnet : — Mademoiselle, je bénis ce jour, que je regarderai comme le plus heureux de ma vie ; en vous possédant j'ai acquis un bien dont tout le monde enviera la propriété ! on peut trouver une personne aussi aimable que vous, mais je crois qu'on n'en rencontrera jamais une aussi bonne et aussi sensible. Deux baisers terminèrent ce petit compliment.

On parla ensuite des arrangemens

à prendre pour le mariage et la noce ; le chapitre de l'intérêt fut celui qu'on traita le dernier. Je donne tout mon bien à ma fille, dit madame Savonnet, mais à une condition, que je ne la quitterai point ; je veux toujours vivre avec elle. — C'est bien notre intention, répliquèrent à la fois M. Désaulnais et sa future.

On arrêta ensuite le jour où l'on unirait, devant les autels, nos jeunes amans. Que ce jour fut attendu avec impatience !... mais enfin il arriva, et nos jeunes gens furent unis à la satisfaction générale des deux petites familles.

M. Désaulnais ne tarda pas à procurer un établissement à sa sœur, qui fixa son domicile à Neuilly même, à côté de son amie et de son frère.

Ces deux couples intéressans coulèrent des jours heureux au sein des

plaisirs et de cette satisfaction inté-
rieure qui ne peut naître que du sentiment de ses devoirs et de l'amour
de la vertu.

———————

Nota. Dans l'isle qui embellit la
Seine, près le pont de Neuilly, on
voit à l'extrêmité un petit tertre de
gazon, recouvert d'un marbre, sur lequel on a gravé cette inscription :

A L'AMOUR,

A LA FIDÉLITÉ,

A LA CONSTANCE.

Plus bas, on lit :

Ci-gissent, d'heureuse mémoire,
Deux époux, deux tendres amans,
Qui bornèrent toute leur gloire,
A s'aimer jusques à cent ans.

Suivent les noms de *Catherine* et de *César Désaulnais*.

Ames sensibles, qui, dans vos courses solitaires, porterez vos pas dans cette isle, visitez ce tombeau, et répandez quelques pleurs sur les cendres de ces deux amans, qui, malgré l'inégalité du rang et de la fortune, s'unirent par le plus doux des liens.

Et vous, cœurs égoïstes, ames de bronze, fuyez ce champêtre asyle; vous profaneriez un séjour qui ne doit être foulé que par les graces, la beauté et la bienfaisance.

FIN.

LE GLANEUR LITTÉRAIRE,

OU

JOURNAL DES SCIENCES, DE LA LITTÉRATURE
ET DES ARTS,

Rédigé par une Société de Gens de Lettres.

> . . . . *Animo satis hæc vestigia parva*
> *sagaci sunt, per quæ possis cognoscere*
> *cætera tutè.*
> Luc. lib. I.

PROSPECTUS.

Ce Journal sera rédigé par une Société de Gens
de Lettres qui ont remarqué que beaucoup d'ouvrages échappaient à l'annonce et à l'analyse : c'est
pour remplir cette lacune, tout-à-la-fois préjudi-
ciable à la Littérature et à la Librairie, que cette
Feuille paraîtra tous les samedi, à compter du premier mars 1806.

Un jugement sévère et une analyse impartiale,

caractériseront l'esprit de rédaction de ce Journal, sur lequel les petites intrigues des cotteries littéraires n'auront aucune influence , et qui aura toujours pour boussole cette maxime constante : *Amicus Aristoteles* , *amicus Plato* , *magis amica veritas*.

Il sera, pour ainsi dire , l'arrière-garde des Journaux, ou plutôt , comme le porte son titre , le GLANEUR GÉNÉRAL DE LA LITTÉRATURE ET DE LA LIBRAIRIE , qui recueillera avec soin tous les Ouvrages, Pièces de théâtre et littéraires, que les journalistes dédaigneront de publier , soit par insouciance , soit par esprit de parti , soit enfin parce qu'on aura négligé de leur faire don de deux exemplaires pour l'annonce.

Celerité et *vérité* , seront les bases de cette Entreprise, qui n'est point une spéculation mercantile, mais le désir bien senti de rendre un service général aux Littérateurs et aux Libraires.

Ce Journal sera imprimé sur beau papier , en caractères neufs ; il contiendra huit pages in-8. petit-romain et petit-texte. Le prix de l'Abonnement est de 15 francs pour l'année, et 8 francs pour six mois, franc de port par la poste.

Les Abonnemens datent du premier de chaque mois.

Le Bureau du GLANEUR LITTÉRAIRE , est chez FRECHET, Libraire-Commissionnaire, rue du Petit-Bourbon-St.-Sulpice, N. 1, auquel il faut adresser

toutes les Lettres, franc de port ; celles non-af-
franchies resteront au rebut.

On invite les Hommes de Lettres, Libraires,
Marchands de musique et d'estampes, d'envoyer,
franc de port, au Bureau, tous les Ouvrages, Musique, Gravures, Annonces et Avis qu'ils désire-
ront faire insérer dans cette Feuille.

OUVRAGES NOUVEAUX

QUI SE TROUVENT

CHEZ LE MÉME LIBRAIRE.

ADOLPHE DE MORNI, ou le Malheur de deux jeunes
Epoux, 3 vol. in-12.   5 l.
ANGLETERRE (l') en miniature, 1 vol. in-12.
                                            1 l. 10 s.
ATHANAÏSE, ou l'Orpheline de qualité, par ma-
dame Guénard, 4 vol. in-12.   7 l. 10 s.
BELLE CATHERINE (la) ou la Blanchisseuse de
Neuilly ; avec cette épigraphe :

Ah! qui ne l'aimerait !.. Snr son front la pudeur
Retrace sans efforts les vertus de son cœur.

1 vol. in-12, orné du portrait de la Belle Catherine,   2 l.

BELLE-NIÈCE, (la) histoire tirée d'une chronique originale du 15e. siècle, par Henri de Coëffier. 1 vól in-12.   2 l. 10

Il ne reste que quelques exemplaires de ce Roman, qui est du petit nombre de ces ouvrages qui doivent survivre à leur auteur.

CHATEAUX DE CARTES, (les) ou les Aventures de M. de Projiniac, par Cousin d'Avallon, 3 vol. in-12, ornés du portrait de M. de Projiniac;

                                                 5 l.

Ce roman, dans lequel l'auteur passe en revue les originaux et les charlatans qu'on rencontre journellement dans la société, forme une galerie de portraits qui tout à-la-fois intéresse, amuse et doit piquer la curiosité de cette classe de lecteurs qui n'aiment point à perdre leur tems à lire des folies ou des invraisemblances.

CHAUMIÈRE DE VINCENNES (la), 2 vol. in-12. 3 l.

CHRONIQUE SCANDALEUSE, (la) 2 vol. in-12.   3 l.

CHOIX de Voyages modernes, pour l'instruction et l'amusement des deux sexes, traduit de l'anglais; 2 vol. in-8. (2e. édition).   9 l.

DÉLIRE DU SENTIMENT (le) ou les Rêveries d'un homme sensible ; par M. D*** membre de plusieurs académies; 1 vol. in-12.   1 l. 16

FILLE MILITAIRE, (la) ou les Amans Provençaux; manuscrit trouvé sur les bords d'une petite rivière des environs d'Aix, 1 vol. in-12,

                                              1 l. 10

GUIRLANDE DE FLEURS, (la) ou Choix de Chansons nouvelles, dédié au beau sexe , (3e. année) 1806. 1 vol. in-18, avec fig. et titre gravé. 1 l. 4

L'accueil que le public a fait à ce Chansonnier, depuis deux ans, est le meilleur titre qu'on puisse apporter en sa faveur, et il serait superflu de répéter ici tous les éloges que les journaux lui ont prodigué, avec tant de justice, dans le tems. Les deux premières années se vendent 2 l. 4

HOMME AU MASQUE DE FER , (l') par M. J.-J. Regnault-Warin, auteur du Cimetière de la Madeleine ; augmenté du testament moral de l'Homme au masque de fer, et orné du portrait de ce célèbre prisonnier, peint antérieurement à sa longue détention, avec cette inscription :

Du repos des Etats , déplorable victime ,
Le sort courba son front sous trente ans de revers ;
Ce jouët du malheur était l'enfant du crime ,
Il naquit sur le trône et mourut dans les fers.

(3e. édition.) 4 vol. in-12, avec portrait.
7 L 10

Il ne reste qu'un petit nombre d'exemplaires de cet ouvrage, qui a eu le plus grand succès, et qui en était digne à tous égards, par la manière dont il est traité.

HISTOIRE SECRÈTE d'un Ecu de six livres, transformé en une pièce de Cinq francs. 1 vol. in-12, figure,
1 l. 10

Julius Sacrovir, ou le dernier des Eduëns, en 8 livres, 1 volume in-8, orné d'une très-belle gravure de Dorgez, dessin de Delaplace.

Prix : { Papier Fin d'Annonay.   7 l. 10
             Vélin de Lagarde.   12 l.

Loisirs littéraires de J. J. Regnault-Warin, contenant le Monastère abandonné. — les Ruines. — la Peinture, poême, imité de l'abbé de Marsy. — l'Illusion, conte arabe. — Adamastor, ou le Géant des tempêtes, imité du Portugais de Camoëns. — Fontenelle et son Ecole. — Eloge de Berquin. — Démonstration philosophique des bâses fondamentales de la Foi. 1 gros vol. in-12,

                       2 l. 10

Madame de Maintenon, par M. J.-J. Regnault-Warin, auteur du Cimetière de la Madelaine, de l'Homme au masque de fer, etc. 4 volumes in-12, ornés du portrait de Mad. de Maintenon.

                       7 l. 10 s.

Ce roman historique, dans lequel figurent la plupart des grands hommes du siècle de Louis XIV, doit intéresser par le talent qu'a eu l'auteur de resserrer dans un cadre étroit, mais saillant, les événemens, les actions et les caractères des grands personnages qui en ont fait un siècle de gloire.

Pied de nez (le), ou Félime et Tangut, suivi du Roi sans nez, des Trois Poissons, du Don des

fées, du Roi Léopard et de la Mère Baba, 1 vol.
in-18, fig   1 l.

SOUVENIRS d'un jeune Exilé, ou Voyage sentimental, mêlé de prose et de vers, avec 4 gravures
et musique, 3 v. in-18,   3 l.

Un jeune noble, qui émigre de France au commencement de la Révolution, fait dans une narration précise, le détail de ses voyages, des choses
remarquables qu'il a vues ou entendues. Ces détails sont accompagnés de réflexions, tantôt
gaies, tantôt sérieuses et presque toujours philo-
sophiques.

SOUS PRESSE.

NAPOLÉANA, ou Recueil choisi des actions remarquables, des traits de clémence et de grandeur
d'ame, pensées fines et délicates, réparties ingé-
nieuses et réponses sublimes de Napoléon Premier, Empereur des Français et Roi d'Italie,
précédé d'une Notice historique et précise sur sa
vie, depuis sa naissance, jusqu'à la paix signée
avec l'Autriche, le 6 nivose an 14. 1 vol. in-12
orné du portrait de Napoléon Premier; ouvrage
destiné à l'instruction publique.

LA BELLE MERE, ou les Suites funestes d'un
second mariage; 2 vol. in-12, fig.   3 l.

9 *

NAPOLÉONIDE sur la campagne de deux-mois, par J.-J. Regnault-Warin in-8.   1 l. 4.

LIVRE (le) des quatre couleurs, 1 vol. in 12 , fig.

Pour paraître dans le courant du mois d'avril, 1806. Un ROMAN nouveau de M. J.-J. Regnault-Warin, en 3 vol. in-12, fig.

LIVRES
DE FONDS ET D'ASSORTIMENT.

Abrégé des Principes de la Grammaire française, par M. Restaut , nouvelle édition , beaucoup plus correcte que les précédentes , et augmentée des principes généraux de l'ortographe française, et d'une table alphabétique de matières ; 1 vol. in-12 relié en parchem.   1 l.

Adolphe de Waldheim, ou le Parricide innocent, nouvelle allemande , extraite du Journal d'un jeune militaire, 1 v. in-12 fig.   1 l. 16

Alphonse et Lindamire, ou la Vengeance, 2 v. in-12 , fig.   3 l.

Année (l') la plus remarquable de ma vie , suivie d'une Réfutation des Mémoires secrets sur la Russie , par Auguste de Kotzbue , traduit de l'allemand , 2 v. in-8 , avec le portrait de Kotzbue, 6 l.

Aurélie et Dorothée, ou la Religieuse par amour, par M. de St.-Venant, 2 vol. in-12, fig. 3 l.

Chevalier noir (le) , nouvelle du 8e. siècle, par H: de Coeffier , 1 vol. in-18, figure et titre gr. 1 l.

Choix de nouveaux ContesMoraux , offerts à la jeunesse , par Marie Edgeworth , auteur de l'Education-Pratique , traduit de l'anglais par V. B. traducteur du Voyage à Botany-Bay , et des Beautés de Sterne. 3 vol. in-12 , fig. 6 l.

Code civil , ou recueil des lois décrétées par le corps législatif, depuis le 24 pluviose jusqu'au 28 ventose an 12 ; avec une table des titres et une table raisonnée et alphabétique des matières , 2 gros vol. in-18 de 470 pages. 2 l. 8 s.

Compère (le) Mathieu, ou les Bigarrures de l'esprit humain , 4 v. in-18 , fig. 3 l.

Cours théorique et pratique de clynique externe, par Ph. J. Dessault , chirurgien en chef de l'Hôtel-Dieu de Paris , ou extrait de ses leçons , rédigées et publiées par J.-J. Cassius, 2 vol. in-8. 10 l.

Danger de l'enthousiasme (le) ou les illusions de la vie , 2 v. in-12. 3 l.

Denneville, ou l'Homme tel qu'il devrait être, 3 vol. in-12 , 6 fig. (par Baculard Darnaud.) 8 l,

Diligence de Bordeaux (la); ou le Mariage en

poste ; par Joseph Rosny , auteur du Péruvien à
Paris. 2 vol. in-12 , fig. 3 l.

Education pratique; traduction libre de l'anglais,
de Marie Edgeworth ; par Charles Pictet , de Ge-
nève , nouvelle édition , revue , corrigée et augmentée. 2 vol. in-8. 6 l.

Eloquence (de l') de la Chaire , ou Nouveau
Manuel des orateurs sacrés , par Dubroca , 1 gros
vol. in-12, de près de 500 pages. 2 l. 10

Enfant (l') du carême , par MM. Fléché et Ber-
nard , 2 vol. in-12, figure. 3 l.

Emma , ou l'Enfant du malheur , 2 vol. in-18 ,
fig. 1 l. 10 s.

Enfer (l') sur terre , traduit de l'allemand de
J.-G. Gruber , par C.-G.-D. orné de fig. 2 vol.
in-12. 3 l.

Essai d'Idéologie , ou Introduction à la Grammaire générale , par L.-J.-J. Daube , professeur à
l'école centrale des Hautes – Pyrénées , 1 vol.
in-8. 4 l.

La famille Fitzer , ou le Jeune Tartuffe , par L.
Julien-Breton. 2 vol. in-12 fig. 3 l.

Henriette et Sophie , ou la Force des circonstances, 2 vol. in-12 3 l.

FRECHET , Libraire et Commissionnaire
en Librairie , jaloux de mériter de plus en

plus la confiance du public, prévient les Particuliers et les Libraires des Départe- mens, qu'il fait la Commission générale pour tout ce qui concerne sa partie, moyennant une légère rétribution, en fesant toute-fois passer d'avance les fonds par la poste, ou de bonnes remises sur Paris, à courtes échéan- ces. On ne comprendra point dans les envois les frais d'emballage.

On peut aussi s'adresser à lui pour les Abon- nemens à faire aux Journaux, Gazettes et Feuilles p litiques et littéraires, qu'il se charge de faire expédier dans les vingt-quatre heures de la demande.